國家出版基金資助項目
國家社會科學基金重大招標項目（16ZDA174）

國家出版基金項目

詹福瑞 陳紅彥 主編

六家詩選

歷代唐詩珍稀選本彙編

（唐宋金元卷）

①

鳳凰出版社

圖書在版編目（CIP）數據

六家詩選／詹福瑞，陳紅彦主編. -- 南京：鳳凰出版社，2025. 3. --（歷代唐詩珍稀選本彙編）.
ISBN 978-7-5506-4404-5

Ⅰ. I222.742

中國國家版本館CIP數據核字第2025BW8306號

書　　名	六家詩選
主　　編	詹福瑞　陳紅彦
責任編輯	李相東　姜　嵩
裝幀設計	姜　嵩
責任監製	程明嬌
出版發行	鳳凰出版社（原江蘇古籍出版社） 發行部電話025-83223462
出版社地址	江蘇省南京市中央路165號，郵編：210009
照　　排	南京新華豐製版有限公司
印　　刷	金壇古籍印刷廠有限公司 江蘇省金壇市晨風路186號，郵編：213200
開　　本	718 毫米×1005 毫米　1/16
印　　張	34.25
版　　次	2025年3月第1版
印　　次	2025年3月第1次印刷
標準書號	ISBN 978-7-5506-4404-5
定　　價	380.00 圓

（本書凡印裝錯誤可向承印廠調換，電話：0519-82338389）

刻六家詩選叙

叙曰多山楊先生之學得聖門敬簡宗旨肆其功業文章率正大菁英之尚而靡曼不與焉其談唐人選詩謂六家稍近入關中命舉人張子東校之携入晉而再校者臬憲楊君質甫也校畢繡之梓嗟乎區判文體猶之銓藻人材也世賢各任懷抱以意權

篋中集

元結次山編

沈千運 四首

感懷弟妹

今日春氣暖東風杏花拆筋力久不如却羨澗中石神仙杳難準中壽稀滿百近世多夭傷喜見鬢髮白杖藜竹樹間宛宛行舊蹊豈知林園主却是林園客兄弟可存半空為亡者惜冥漠無再期哀

唐人選唐詩八種（國家圖書館藏崇禎元年汲古閣刻本，傅增湘校跋並録何焯等批校、題識）

河嶽英靈集上

丹陽進士殷璠集

常建

高才無貴士誠哉是言曩劉楨死於文學左思終於記室鮑昭卒於枀軍今常建亦淪於一尉悲夫建詩似初發通莊却尋野徑百里之外方歸大道所以其旨遠其興僻佳句輙來唯論意表至如松際露微月清光猶為君又山光悅鳥性潭影空人心此例十數句並可稱警策然一篇盡善者戢餘落日黄軍敗

璠字畧小

河嶽英靈集

唐丹陽進士殷璠

敘曰夫文有神來氣來情來有雅體野體鄙體俗體編紀者能審鑒諸體委詳所來方可定其優劣論其取捨至如曹劉詩多直語少切對或五字並側或十字俱平而逸駕終存然摯虞𢓭受之流責古人不辯宮商徵羽詞句質素恥相師範於是攻異端妄穿鑿理則不足言常有餘都無興象但貴輕艷雖滿篋笥將何用之自蕭氏以還尤增矯飾武德初微波尚在貞觀末標

中興間氣集卷上

渤海高仲武集

錢起

員外詩體格新奇，理致清贍，越從登第，挺冠詞林。文宗右丞許以高格，右丞沒後，員外爲雄。芟齊宋之浮游，削梁陳之靡嫚，迥然獨立，莫之與羣。且如「鳥道挂疎雨，人家殘夕陽」，又「牛羊上山小，烟火隔林疎」，又「長樂鐘聲花外盡，龍池柳色雨中深」，皆特出意表，標雅古今。又「窮達戀明主，耕桑亦近

唐中興間氣集卷上

錢起十二首

員外詩體格新奇理致清贍（一作瞻）越從登第挺冠詞林文宗右丞許以高格右丞殁後員外爲雄救（一作芟）宋齊之浮游削梁陳之靡嫚迥然獨立莫之與羣且如鳥道挂疎雨人家殘夕陽又牛羊上山小煙火隔雲深又長樂鐘聲花外盡龍池柳色雨中深皆特出意表標準古今又窮達戀明主耕桑亦近郊則禮義克全忠孝兼著足可弘長名流爲後生楷

極玄集

諫議大夫姚合纂

王維　祖詠　李端　耿湋

盧綸　司空曙　錢起　郎士元

韓翃　暢當　皇甫曾　李嘉祐

皇甫冉　朱放　嚴維　劉長卿

靈一　法振　皎然　清江

戴叔倫

此皆詩家射鵰之手也合於衆集中更選其極玄者免後來之非凡二十一人共一百首

松陵集序

前進士皮日休撰

詩有六義其一曰比比者定物之情狀也則必謂之才才之備者於聖爲六藝在賢爲聲詩噫春秋之後頌聲亡寢降及漢氏詩道若作然二雅之風委而不興矣在詩有三言四言五言六言七言九言之作三言者曰振振鷺鷺于飛是也五言者曰誰謂雀無角何以穿我屋是也六言者曰我姑酌彼金罍是也七言者曰交交黃鳥止于桑是也九言者曰泂酌彼行潦挹彼注兹是也蓋古詩率以四言爲本而漢氏方以五言七言爲之也其句亦出於毛詩五言者李陵曰攜手上河梁是也七言者漢武曰日月星辰和四時是也爾後盛於建安建安以降江左

松陵集序

前進士皮　日休　撰

詩有六義其一曰比比者定物之情狀也則必謂之木才之備者於聖為六藝在賢為聲詩噫春秋之後頌聲亡寖降及漢氏詩道若作然二雅之風委而不興矣在詩有三言四言五言六言七言九言之作三言者曰振振鷺鷺于飛是也五言者曰誰謂雀無角何以穿我屋是也六言者曰我姑酌彼金罍是也七言者曰交交黃鳥止于桑是也九言者曰泂酌彼行潦挹彼注

松陵集（上海圖書館藏明抄本，清錢求赤校）

才調集卷第一

蜀監察御史韋縠集

才調集唐人選本其編次各有深意大抵以才調二字為主只看每卷第一人其用意處自見

古律雜歌詩一百首

白居易一十九首

第一卷以白公為首白公詩以代書百韻為首全重才調

代書一百韻寄微之

憶在貞元歲俱昇典校司身名同日授心事一言知肺腑都無隔形骸兩不羈疎狂屬年少閑

才調集（上海圖書館藏明萬曆刻本）

因所見而言之

賦寫俗尚之無益只於末句點明然亦以一路鋪排更見作法

爲樂飲夜半不能休豈知閿鄉獄中有凍死囚

牡丹

意在末二句前用賦寫作勢一筆挽轉然

有深意自是風人遺則

帝城春欲莫喧喧車馬度共道牡丹時相隨買花去貴賤無常價酬直看花數灼灼百朶紅戔戔五束素上張帷幄庇傍織笆籬護水灑復泥封遷來色如故家家皆爲俗人人迷不誤有一田舍翁偶來買花處低頭獨長歎此歎無人諭一叢深色花十戶中人賦

才調集（國家圖書館藏明天啓刻本，查慎行批點）

唐百家詩選卷第九

投獻　慶賀　酬答

獻僕射相公　薛能

清如冰玉重如山百辟嚴趨禮絕攀強虜外聞應破膽平人長見盡開顔朝庭有道青春好門館無私白日閑致却無衣更何事幾多詩合詠關關

上李庶子　王建

紫煙樓閣碧紗亭上界詩仙獨自行奇險驅回還寂寞雲山經用始鮮明藕綃紋纈裁來滑鏡水波濤濾

萬首唐人絶句卷第一

七言一百首

贈李白　　杜甫

秋來相顧尚飄蓬未就丹砂愧葛洪痛飲狂歌空度日飛揚跋扈爲誰雄

三絶句

楸樹馨香倚釣磯斬新花蕊未應飛不如醉裏風吹盡可忍醒時雨打稀

門外鸕鷀去不來沙頭忽見眼相猜自今已後知人意一日須來一百回

萬首唐人絶句（國家圖書館藏明嘉靖十九年陳敬學德星堂刻本）

此五律詩後半首在下葉改題為讀齊己上人集

此下接第六葉与王篤隱首

六

夷陵卽事

不難饒白髮相續是灘波避世嫌身晚思家乞
夢多暑衣經雪着凍硯向陽呵豈謂臨岐路還聞聖主過

十三

寄荊門鄭準

傳衣傳鉢理難論綺靡銷磨二雅尊不許姓名
畱月觀終攜缾錫去雲門隠閣掛燭通宵在竹
上題詩隔歲存珍重荊門州鄭從事十年同受景
升恩

草木蟲魚類卷第三　趙孟奎　分門纂類唐歌詩九十一

花三

牡丹　題牡丹

賞牡丹　看牡丹

觀牡丹　傷牡丹

惜牡丹　別牡丹

送牡丹　未開牡丹

殘牡丹　紅牡丹

白牡丹　紅白牡丹

家村園門巷多相似處處春風枳殼花。

貴池縣亭子 郡縣志。貴池。在池州。梁昭明太子以其魚美。封貴池。

杜牧

勢比凌歊宋武臺 凌歊見七言律 分明百里遠帆開。
蜀江雪浪西江滿強半春寒去却來。

送隱者

許渾 字用晦。太和六年進士。居潤州丁卯橋。故詩號丁卯集

無媒逕路草蕭蕭自古雲林遠市朝。公道世間惟白髮。貴人頭上不曾饒。

註唐詩鼓吹卷第一

資善大夫中書左丞郝　天挺　註

柳子厚 諱宗元河東人貞元九年進士授校書郎累遷監察御史裏行擢禮部員外郎後貶邵州刺史又徙柳州卒于官有集今行于世

登柳州城樓寄漳汀封連四州 永貞元年子厚與韓泰韓曄劉禹錫陳諫凌準程异韋執誼皆坐貶所程异先召用元和十年子厚等五人例召至京師又皆出為刺史子厚柳州泰漳州曄汀州諫封州禹錫連州

城上高樓接大荒 左思吳都賦云出乎大荒之中行乎東極之外爾雅云大荒海外殊廣無所不達

海天愁思正茫茫 柳州近海故曰海天 驚風亂颭芙蓉

注唐詩鼓吹（國家圖書館藏明刻本）

唐音序

襄城楊伯謙好唐人詩五言七言古詩律詩絶句以盛唐中唐晚唐別之凡幾卷謂之唐音音也者聲之成文者也可以觀世矣其用意之精深豈一日之積哉盖其所録必也有風雅之遺騷些之變漢魏以來樂府之盛其合作者則録之不合乎此者雖多弗取是以若是其嚴也昔之選唐詩者非一家若伯謙之辯識度越常情遠哉噫先王之德盛而樂作跡熄而詩亡係於世道之升降也風俗頽靡愈趨愈下則其聲文

總目

第一册

前　言　〇〇一

凡　例　〇〇一

六家詩選　〇〇一

提　要　〇〇三

六家詩選

（上海圖書館藏明隆慶三年楊綵刻本）

國秀集　河岳英靈集　中興間氣集

極玄集　搜玉小集　篋中集　〇〇五

第二册

唐人選唐詩六種　〇〇一

提　要　〇〇三

唐人選唐詩六種

（國家圖書館藏明刻本）

河岳英靈集　篋中集　唐詩極玄集

國秀集　中興間氣集　搜玉小集　〇〇七

第三册

唐人選唐詩八種　〇〇一

提　要　〇〇三

唐人選唐詩八種　一

（國家圖書館藏崇禎元年汲古閣刻本，

吴景恩校跋並録葉奕等批校、題識）

御覽詩　篋中集　國秀集　〇〇七

第四册

唐人選唐詩八種　二
（國家圖書館藏崇禎元年汲古閣刻本，吴景恩校跋並録葉奕等批校、題識）
河岳英靈集　中興間氣集　搜玉小集　極玄集　〇〇一

第五册

唐人選唐詩八種　三
（國家圖書館藏崇禎元年汲古閣刻本，吴景恩校跋並録葉奕等批校、題識）
才調集　〇〇一

第六册

唐人選唐詩八種　一
（國家圖書館藏崇禎元年汲古閣刻本，傅增湘校跋並録何焯等批校、題識）
國秀集　篋中集　御覽詩　極玄集　中興間氣集　〇〇一

第七册

唐人選唐詩八種　二
（國家圖書館藏崇禎元年汲古閣刻本，傅增湘校跋並録何焯等批校、題識）
河岳英靈集　搜玉小集　才調集（一）　〇〇一

第八册

唐人選唐詩八種　三
（國家圖書館藏崇禎元年汲古閣刻本，傅增湘校跋並録何焯等批校、題識）
才調集（二）　〇〇一

第九册

高氏三宴詩集

提　要　〇〇一

高氏三宴詩集（天津圖書館藏清丁氏當歸草堂抄本）　〇〇三

國秀集

提　要　〇〇七

國秀集（國家圖書館藏明嘉靖三十六年周日東抄本）　〇四五

國秀集（北京師範大學圖書館藏萬曆張世才刻《唐詩六集》本）　〇四七

第十册

河岳英靈集

提　要　〇〇一

河岳英靈集（國家圖書館藏季振宜舊藏宋刻本）　〇〇三

河岳英靈集（國家圖書館藏明嘉靖刻本）　〇五一

河岳英靈集（上海圖書館藏明刻本）　一七九

第十一册

河岳英靈集（浙江圖書館藏明萬曆張世才刻《唐詩六集》本）　〇〇七

河岳英靈集（國家圖書館藏明抄本）　一六三

第十二册

篋中集　三四九

提　要 〇〇三
篋中集
（國家圖書館藏明嘉靖刻本，繆荃孫校跋） 〇〇七
篋中集
（南京圖書館藏清抄本，丁丙跋） 〇二九
中興間氣集 〇六七
提　要 〇六九
中興間氣集
（國家圖書館藏明嘉靖刻本，馮舒、黄丕烈校跋） 〇七三
中興間氣集
（國家圖書館藏清初汲古閣影宋抄本） 一七三
御覽詩 二五七
提　要 二五九
御覽詩
（國家圖書館藏明趙均抄本，黄丕烈跋） 二六三

第十三册

極玄集 〇〇一
提　要 〇〇三
極玄集
（上海圖書館藏汲古閣影宋抄本） 〇〇九
唐詩極玄
（國家圖書館藏明秦西巖又玄齋抄本） 〇五三
極玄集
（國家圖書館藏明刻本） 一〇三
極玄集
（清華大學圖書館藏萬曆張世才刻《唐詩六集》本） 一七一
松陵集 二二一
提　要 二二三
松陵集
（國家圖書館藏清初影宋抄本） 二二九

第十四册
松陵集（國家圖書館藏明弘治十五年劉濟民刻本） 〇〇一
第十五册
松陵集（上海圖書館藏明抄本，清錢求赤校） 〇〇一
第十六册
松陵集（國家圖書館藏汲古閣本，傅增湘校跋） 〇〇一
第十七册
松陵集（國家圖書館藏明毛氏汲古閣本） 〇〇一
第十八册
松陵集（國家圖書館藏汲古閣刻本，盧文弨校、丁丙跋） 〇〇一
搜玉小集 五九九
提　要 六〇一
搜玉小集（國家圖書館藏明嘉靖刻本） 六〇三
第十九册
才調集 〇〇一
提　要 〇〇三
才調集（上海圖書館藏明萬曆刻本） 〇〇七

第二十册
才調集（國家圖書館藏明天啓刻本，佚名批點並録馮舒識語）　〇〇一

第二十一册
才調集（國家圖書館藏明天啓刻本，查慎行批點）　〇〇一

第二十二册
王荆公唐百家詩選　〇〇一
提　要　〇〇三
王荆公唐百家詩選（國家圖書館藏宋刻遞修本）　〇〇七
王荆公唐百家詩選　一（國家圖書館藏清康熙四十七年宋犖刻本）　二六七

第二十三册
王荆公唐百家詩選　二（國家圖書館藏清康熙四十七年宋犖刻本）　〇〇一

第二十四册
萬首唐人絶句　〇〇一
提　要　〇〇三
萬首唐人絶句　一（國家圖書館藏明嘉靖十九年陳敬學德星堂刻本）　〇〇七

第二十五册
萬首唐人絶句　二（國家圖書館藏明嘉靖十九年陳敬學德星堂刻本）　〇〇一

第二十六册

萬首唐人絶句　三（國家圖書館藏明嘉靖十九年陳敬學德星堂刻本）　〇〇一

第二十七册

萬首唐人絶句　四（國家圖書館藏明嘉靖十九年陳敬學德星堂刻本）　〇〇一

第二十八册

萬首唐人絶句　五（國家圖書館藏明嘉靖十九年陳敬學德星堂刻本）　〇〇一

第二十九册

萬首唐人絶句　六（國家圖書館藏明嘉靖十九年陳敬學德星堂刻本）　〇〇一

第三十册

唐僧弘秀集　〇〇一

提　要　〇〇三

唐僧弘秀集（國家圖書館藏明黄魯曾刻本，朱文鈞跋）　〇〇九

唐僧弘秀集（南京圖書館藏明黄魯曾刻本，清丁丙跋）　二一一

第三十一册

唐僧弘秀集（國家圖書館藏萬曆四十七年沈春澤刻本）　〇〇一

第三十二册
唐僧弘秀集（國家圖書館藏明汲古閣刻本，傅增湘校跋）　〇〇一

第三十三册
唐僧弘秀集（國家圖書館藏清初汲古閣刻本，周叔弢校）　〇〇一

第三十四册
二妙集　〇〇一
提　要　〇〇三
二妙集（國家圖書館藏明抄本，何煌跋）　〇〇五
衆妙集　一一三
提　要　一一五
衆妙集（國家圖書館藏明抄本）　一一九
衆妙集（國家圖書館藏明天啓五年汲古閣刻清古松堂重修本）　二三五

第三十五册
分門纂類唐歌詩　〇〇一
提　要　〇〇三
分門纂類唐歌詩　一（國家圖書館藏宋刻本）　〇〇九

第三十六册
分門纂類唐歌詩　二（國家圖書館藏宋刻本）　〇〇一

第三十七册
分門纂類唐歌詩（國家圖書館藏清初汲古閣影宋抄本，清毛扆跋）　〇〇一
第三十八册
分門纂類唐歌詩　一（國家圖書館藏清抄本，吴騫、唐翰題跋）　〇〇一
第三十九册
分門纂類唐歌詩　二（國家圖書館藏清抄本，吴騫、唐翰題跋）　〇〇一
第四十册
箋注唐賢絶句三體詩法　〇〇一
提　要　〇〇三
箋注唐賢三體詩法（國家圖書館藏明火錢刻本）　〇〇九
箋注唐賢絶句三體詩法（國家圖書館藏葉德輝舊藏明刻本）　二九五
第四十一册
箋注唐賢絶句三體詩法（國家圖書館藏鐵琴銅劍樓舊藏明刻本）　〇〇一
新刊唐賢絶句三體詩注（清華大學圖書館藏明刻本）　三三三
第四十二册
注解章泉澗泉二先生選唐詩　〇〇一
提　要　〇〇三
注解章泉澗泉二先生選唐詩（南京圖書館藏明刻本）　〇〇七

唐詩絶句（天一閣藏明刻本）　一〇九
注唐詩鼓吹　一九一
提　要　一九三
注唐詩鼓吹（國家圖書館藏元劉氏日新堂刻本）　一九七

第四十三册

唐詩鼓吹（浙江圖書館藏元冲和書堂刻本）　〇〇一

第四十四册

新刊三訂便蒙唐詩鼓吹大全七卷（天津圖書館藏明嘉靖十七年廣勤書堂刻本）　〇〇一

第四十五册

注唐詩鼓吹（國家圖書館藏明刻本）　〇〇一

第四十六册

唐人五言排律選　〇〇一
提　要　〇〇三
唐人五言排律選（國家圖書館藏清刻本）　〇〇五

第四十七册

唐　音　〇〇一
提　要　〇〇三
唐　音（國家圖書館藏明初刻本）　〇〇七

第四十八册

唐　音
（國家圖書館藏明初魏氏仁寶堂刻本） ○○一

第四十九册

唐　音　一
（南京圖書館藏明刻本） ○○一

第五十册

唐　音　二
（南京圖書館藏明刻本） ○○一

重廣草木蟲魚雜詠詩集 二○一
提　要 二○三
重廣草木蟲魚雜詠詩集
（國家圖書館藏明刻本） 二○五

目次

前言 〇〇一
凡例 〇〇一
六家詩選 〇〇一
提要 〇〇三
六家詩選
（上海圖書館藏明隆慶三年楊綵刻本）
國秀集　河岳英靈集　中興間氣集
極玄集　搜玉小集　篋中集 〇〇五

前言

一

唐詩是中華文明凝結在文學藝術領域的瑰寶，是中國優秀傳統文化的代表之一。清代康熙年間編定的《全唐詩》達九百卷，詩四萬九千四百零三首，據陳尚君等學者輯佚所得亦超過八千首。而在《全唐詩》面世之前，唐詩實際上自其産生之初，就是以詩人别集和總集的兩種形態傳世。從唐至今一千四百多年間，不斷有唐詩選本問世，也不斷有選本亡佚。僅有唐一代，吴企明考及唐人選唐詩三十七種[①]，孫琴安考及四十一種[②]，陳尚君考及一百三十七種[③]，可見選本自唐就是存録唐詩的重要載體。

歷代編選的唐詩總集究竟有多少，尚待深入調查。孫琴安《唐詩選本提要》從古代類書入手，通過廣泛勾稽，共獲得唐詩選本六百五十九種，而據我們初步調查，數字還要多，應該有七百餘種。到目前爲止，在國内公私收藏單位究竟有多少種唐詩選本存世，還是一個謎。《唐詩選本提要》收唐詩選本三百九十二種，附録九十三種是衹有存目而無書的，著録收藏地的二百三十七種，也就是説有二百三十七種存世。其中標明亡佚者二百四十二種（作者標示爲『已亡佚』或『今未見』），作者認爲可能亡佚者六十九種（標示爲『余未見』），瞭

① 《『唐人選唐詩』傳流、散佚考》，《唐音質疑録》，上海古籍出版社，一九八五年版。

② 《唐詩選本提要》，上海書店出版社二〇〇五年版。

③ 《唐人編選詩歌總集叙録》，《唐詩求是》，上海古籍出版社二〇一八年版，下册，第六五三頁。

解藏地但未能寓目者七十三種，經過目驗者二百七十五種。據此，《提要》著録現存唐詩選本共三百四十六種。《唐詩選本提要》是《唐詩六百種選本提要》①的修訂本，「調整了若干行文，補充了《唐三舍人集》，對初版以後出版的唐詩選本書目進行了增補」，實際上書目基本没有變化。而陳伯海、朱易安《唐詩書録》收入唐至清唐詩總集三百一十九種，附録九十一種②。《唐詩六百種選本提要》和《唐詩書録》都成書於上世紀八十年代，距今已近四十年。受當時條件限制，這個結論顯然不準確。僅據二〇一二年出版的《中國古籍總目》，未見於《唐詩選本提要》的就有四十五種。據我們不完全統計，存世唐詩選本有四百六十種之多。當然，這還僅僅是初步的調查結果。

唐詩總集同唐代别集一樣，都是唐代文學研究的基礎文獻，具有很高的文獻價值。總集保存了大量唐代詩歌，尤其是唐宋時期，選編者或身處唐朝，或去唐不遠，唐人之詩還没有多少亡失，如《文苑英華》成書（九八七）距唐亡（九〇七）僅八十年，所録唐詩多保持原貌，文獻學價值極高，是校勘唐代别集的重要文獻。另有名望不高、詩量不多的詩人，若非選本保留，詩作恐怕早已亡失。宋洪邁編選的《萬首唐人絶句》，據陳尚君查驗，有三十九家二千二百二十二首詩，是賴《絶句》而得以流傳至今的③。正是因爲選本保留大量詩歌，纔爲清代編纂《全唐詩》提供了珍貴的材料。因此，唐詩選本是唐詩研究賴以開展的重要基礎文獻。然而，由於學術界對此一部分文獻不甚重視，唐詩選本的文獻搜集整理，仍是唐代

① 陝西人民教育出版社一九八七年版。

② 《唐詩書録》，齊魯書社一九八八年版。

③ 《洪邁〈萬首唐人絶句〉考》，《唐詩求是》，上海古籍出版社二〇一八年版，下册，第八〇一頁。

文學研究的薄弱環節。

文學選本除了具有『文章之衡鑒，著作之淵藪』的文學文獻意義外，還是重要的文學批評形式。總集中有一定數量的『網羅放佚，使零章殘什並有所歸』的唐詩彙編類和别集合刊類，但大部分是作品選編類。選本中作品的編選，體現出選家的文學主張和審美趨向，並通過閱讀過程作用於讀者，對詩歌創作産生影響。文學選本參與了文學的經典塑造，是文學經典作品形成的重要推手之一。如殷璠編成於天寶十二載（七五三）的《河岳英靈集》之於李白詩歌的經典化，有兩個方面值得注意。其一，是對李白其人及其詩文個性特徵的揭示。『白性嗜酒，志不拘檢，常林栖十數載。故其爲文章，率皆縱逸，至如《蜀道難》等篇，可謂奇之又奇，然自騷人以還，鮮有此體調也。』『志不拘檢』，是對李白思想個性的概括，認爲李白思想不受世俗約束，縱情任性。這應該是對李白思想個性最早的概括。對李白的詩文，殷璠則概括爲『縱逸』及『奇之又奇』。『縱逸』，即情思與表現風格的奔放不羈。『奇之又奇』，則是李白代表作的獨特意象、情感給人造成的出人意表的驚異感。這兩個方面的概括，準確把握住了李白詩歌的特徵。其二，是對李白代表作的遴選。《蜀道難》《將進酒》《行路難》《夢游天姥吟留别》《遠别離》《憶舊游寄譙郡元參軍》《答俗人問》《烏栖曲》等代表作多數在編。而這些代表作又印證了李白『縱逸』與『奇』的風格。由殷璠的《河岳英靈集》，我們可以看到，從李白詩歌經典化之初，就捕捉到了這位偉大詩人思想縱逸、詩歌豪放的特點，突出了其作品奇之又奇的藝術價值。從此後歷代評價李白的言論來看，最初的評價基本上奠定了歷史評價的基調。

魯迅先生曾對選本的重要性予以很高評價：『評選的本子，影響於後來的文章的力量是不小的，恐怕還遠在名家的專集之上。』①『選本所顯示的，往往並非作者的特色，倒是選者的眼光。』②因爲選本『可以借古人的文章，寓自己的意見』③。朱光潛先生也説：『編一部選本是一種學問，也是一種藝術。顧名思義，它是一種選擇。有選擇就要有摒棄，這就可顯示選者的好惡或趣味。……一部好的選本應該能反映一種特殊的趣味，代表一種特殊的傾向。』④方孝岳先生認爲：『選録詩文的人，都各人顯出一種鑒别去取的眼光，這正是具體的批評之表現。』⑤又，張伯偉《中國古代文學批評方法研究》選擇了六種『最具民族特色』的批評方式，第一種即是選本⑥。

唐代很少有專門的詩學理論著作，唐人的詩學觀點，多見於單篇文章，或爲序作跋，闡明己見。借助選本闡明詩學主張，唐前已有之，如蕭統編《文選》的原則是『事出於沉思，義歸乎翰藻』，徐陵編《玉臺新咏》『目的在專提倡一種詩風，即所謂言情綺靡之作』（梁啓超語）。唐代遂開始風行，影響宋元明清。唐詩選本蘊含的詩學理論價值非常豐厚，因此是研究歷代詩學的重要載體。唐詩選本的意義在於，『詩至唐而諸體皆備，唐以後至今，俱

①③魯迅《集外集·選本》。
②魯迅《且介亭雜文二集·『題未定』草（六）》。
④《談文學選本》，《朱光潛全集》第九卷。
⑤方孝岳《中國文學批評》導言，生活·讀書·新知三聯書店一九八六年版。
⑥《中國古代文學批評方法研究》，中華書局二〇〇二年版。

本唐詩以爲指歸』（王堯衢《古唐詩合解·凡例》），學詩作詩以至研究唐詩，唐詩選本都發揮了重要作用。

唐詩不僅量多，更重要的是質高，藴涵了一種文化精神，是傳統文化的詩化，進入了民族血脉。歷代都有將選本的意義提升到文化層面的認識，如錢謙益《唐詩鼓吹評注序》談到讀《唐百家詩選》《唐詩鼓吹》時説：『唐人之神髓、氣候歷歷具在，眼界廓如也，心靈豁如也，使唐人得洗發其面目，而後人得刮磨其障翳，三百年之痼疾，庶幾其霍然良已也。』錢謙益稱王安石、元好問爲『先醫』，則唐詩選本可視爲治療精神萎靡之良藥。趙孟頫《唐詩鼓吹原序》云：『使誦其詩者知其人，識其事物者達其意，覽其辭者見其指歸，然後唐人之精神情性始無所隱遁焉。』在通辭達意的基礎上，誦讀唐詩重要的是讓唐人的精神氣質熏染自己。在一個社會裏，爲作詩或研究而讀唐詩者畢竟是少數，大多數人讀詩是爲了改變氣質，提升素養，傳承文化。唐詩選本極大推動了唐詩的傳播，同時，也和唐詩别集、唐詩評論一起，對唐詩的經典化起到了重要作用。於此而言，唐詩選本的意義大於唐人别集，即在於它們在唐詩的經典化過程中、同時也在經典的普及方面發揮了重要作用。

上世紀八十年代以前，唐詩選本研究尚顯薄弱，祇朱自清、朱東潤、方孝岳等有所論及。八十年代開始，唐詩選本開始引起關注，學者們展開了基礎性整理研究工作。其中最具代表性的是孫琴安《唐詩選本六百種提要》（陝西人民教育出版社一九八七年版）①，陳伯海、朱易安合著的《唐詩書録》（齊魯書社一九八八年版），陳伯海、李定廣《唐詩總集纂要》（上海古籍出版社二〇一六年版）。以上著作梳理唐至清代的唐詩選本書目，介紹選本的編寫及版本存佚情況，爲唐詩選本研究作了扎實的目録學工作。一九九六年傅璇琮先生主持編輯出版《唐人選唐詩新編》（陝西人民教育出版社一九九六年版）②，該書在一九五八年中華書局上海編輯所《唐人選唐詩（十種）》的基礎上重新編輯，增爲十三種，補充了新的材料，改選了較好的本子，而且根據有關版本及材料作了校記，改正了舊刻本中的一些錯誤，爲後人進行唐詩研究奠定了良好的基礎。此後，唐詩選本整理工作陸續進行。二十世紀九十年代末，詹福瑞主持點校了數本有影響的唐詩選本：《唐詩合解箋注》（河北大學出版社二〇〇〇年版，河北大學出版社與貴州人民出版社二〇一〇年再版），《唐詩鼓吹評注》（河北大學出版社二〇〇〇年版），《唐詩解》（河北大學出版社二〇〇一年版），《唐音評注》（河北大學出版社二〇〇六年版），《詩鏡》（河北大學出版社二〇一〇年版）。到目前爲止，據不完全統計，先後標點整理唐詩選本三十餘種。也是從此時開始，學界陸續開展了對

① 後修訂版爲《唐詩選本提要》，上海書店出版社二〇〇五年版。

② 此書中的《翰林學士集》《丹陽集》《玉臺後集》由陳尚君編撰，《珠英集》由徐俊編撰，餘皆爲傅璇琮編撰。

不同朝代唐詩選本的研究。

唐人選唐詩是學界在唐詩選本研究中開展較早的領域，其中既有整體性研究，也有大量的個案研究。在整體性研究方面，吕玉華的專著《唐人選唐詩述論》（文津出版社二〇〇四年版），趙立新《唐人選唐詩研究》（上海師範大學，二〇〇一）、孫桂平《唐人選唐詩研究》（南京大學，二〇〇七）、石樹芳《唐人選唐詩研究》（浙江大學，二〇一三）等三篇博士論文，既將唐人選唐詩作爲一個有機整體作系統考察，同時也進一步分析其中具體選本的編選情况及特色等等。除此之外，還有單篇論文四十餘篇，其中從唐人選唐詩來研究具體詩人的情形較多。在個案研究方面，從上世紀八十年代至今，已發表相關論文一百六十餘篇，涉及現存十三部唐人選唐詩中的九部，關注程度由重至輕依次爲《河岳英靈集》《中興間氣集》《才調集》《篋中集》《御覽詩》《極玄集》《搜玉小集》《又玄集》《國秀集》。顯然，對《河岳英靈集》的研究程度遠遠超過了其他選本。其中傅璇琮、李珍華《河岳英靈集研究》（中華書局一九九二年版）一書，是學界研究《河岳英靈集》最爲系統、全面的學術成果，該書不僅重新校訂了《河岳英靈集》，而且對其中的很多具體問題都作了深入獨到的研究，如對《河岳英靈集》中音律説的探索、對盛唐詩風與殷璠詩論的闡析等。

由於宋、金、元時期唐詩選本數量有限，故而很少作爲研究對象被關注，但是在進入二〇〇〇年後，學界對宋、金、元唐詩選本的關注程度有所提高並取得了一定成績。在宋代唐詩選本研究方面，陳斐《南宋唐詩選本與詩學考論》（大象出版社二〇一三年版），對存世的五種南宋唐詩選本——《唐詩絶句》《衆妙集》《二妙集》《唐詩三體家法》《唐僧弘秀集》，作了細致的研究，並且從南宋唐詩選本與南宋詩歌創作、批評互動的角度入手，對選本的編選傾向及其與選家、詩壇的詩學觀念、詩歌風貌間的聯繫進行論述，並闡明了選本的詩史意義。金代唐詩選本主要爲元好問的《唐詩鼓吹》，元代唐詩選本研究則主要集中於楊士弘的《唐音》，其研究涉及《唐音》對明代唐詩學的開啓作用，以及《唐音》的音律正變理論對於格調説的導引意義等。

雖然明代唐詩選本的留存數量遠遠超過了前一時期，但是研究成果還不甚突出。金生奎的《明代唐詩選本研究》（合肥工業大學出版社二〇〇七年版），對明代唐詩選本進行了全面性的著録，將《唐詩選本提要》中的二百一十六種明代選本擴充爲三百二十三種，並結合明代詩學的發展軌迹進行分析、歸類，對明代幾部重要的唐詩選本的版本源流進行考證。孫欣欣的博士論文《明代唐詩選本與明代詩歌批評研究》（河北大學，二〇一一），則通過對明代衆多唐詩選本序、跋、凡例、評點、批注的分析解讀，通過對選目的比較，探討唐詩選本與明代詩歌流派的關係，是一篇目前較爲集中討論明代唐詩選本所體現出的明代詩歌觀念、詩歌批評的論文。唐詩選本作爲當時唐詩學的重要組成部分，在查清華《明代唐詩接受史》

（上海古籍出版社二〇〇六年版）和孫春青《明代唐詩學》（上海古籍出版社二〇〇六年版）二書中都大量涉及。陳國球《唐詩的傳承——明代復古詩論研究》（臺灣學生書局一九九〇年版），從唐詩傳承的角度來研究明代復古詩論，很多地方都牽涉到明代唐詩的選編、刊刻問題，其中第五章『唐詩選本與復古詩論』專門談到了《唐詩品彙》《唐詩正聲》《唐詩選》等三部明代唐詩選本的代表作與復古詩論的關係問題。研究此一時期唐詩選本的論文有八十餘篇，主要集中於高棅《唐詩品彙》、鍾惺和譚元春《詩歸》、李攀龍《唐詩選》、張之象《唐詩類苑》、唐汝詢《唐詩解》等。顯然，對《唐詩品彙》的研究是大家關注的焦點。

清代留存下來的唐詩選本在歷朝歷代中數量最多，種類最廣，超過了前代唐詩選本的總和，出現了集大成的繁榮局面。學界對清代唐詩選本的研究大都集中在二〇〇〇年以後，祇有兩部專著，一部是賀嚴的《清代唐詩選本研究》（人民出版社二〇〇七年版），另一部是韓勝的《清代唐詩選本研究》（中國社會科學出版社二〇一〇年版），兩部專著分别來自於賀嚴與韓勝二〇〇五年的同題博士論文，兩位作者討論的問題大體接近，但着眼點各有不同：韓文涉及的文獻及具體問題時間跨度比較大，注重選本在具體詩學語境中的歷史生成；賀文對問題的探討比較集中，更加關注的是選本與社會生活、詩學思潮之間的聯繫，是從詩學的角度來提煉理論問題。這兩部专著對清代的唐詩選本都作了比較深入、系統的專題研究。

大部分有關清代唐詩選本的研究還是集中於個案，關注程度最高的是《唐詩三百首》，其次爲《唐詩評選》，再次爲《唐詩別裁集》《唐賢三昧集》。

總體來説，二十世紀八、九十年代至今，學界對唐人選唐詩的研究取得了很大成績，成爲唐代文學研究中越來越活躍的領域。

三

但是，唐詩選本研究還存在明顯不足，可以拓展的空間還很大。最爲重要、也是一切唐詩選本研究的基石是文獻的搜集與整理。唐代文學研究，是最重視文獻的研究領域，全唐詩輯佚、全唐詩新編以及新編全唐文，都取得了標志性的成果。相對而言，唐詩選本研究，文獻搜集與整理却比較薄弱。雖然有孫琴安、陳伯海和朱易安等學者用力查找，但因爲收藏單位制度制約和個人原因，目前，唐詩選本存佚多少，仍是個未知數。

與此相連，雖然唐詩選本的整理與揭示，取得了階段性的成果，但還未完全展開。文獻是所有古代文學研究的基礎，然而，直到目前，唐詩選本的文獻整理與揭示還是薄弱環節。歷代唐詩選本的出版情況大致如下：

其一，一些流傳較廣的唐詩選本，如《唐詩三百首》《唐百家詩選》《分門纂類唐千家詩》《萬首唐人絶句》等，不斷有影印本和排印點校本問世。又如河北大學出版社出版的多部唐詩選本《唐詩解》《唐詩鼓吹評注》《唐詩合解箋注》《唐音評注》等。一些流傳雖不算太廣，但内容與版本俱佳的唐詩選本也得到單獨出版。如上海古籍出版社出版的《唐詩艷逸品》。

其二，有五十餘種唐詩選本，進入四庫全書系統中。近幾十年來，通過《四庫全書》[①]、《續修四庫全書》（上海古籍出版社二〇〇二年出版）[②]、《四庫全書存目叢書》（齊魯書社一九九六年出版）[③]、《四庫全書存目叢書補編》（齊魯書社二〇〇二年出版）[④]、《四庫文學總集選刊》（上海古籍出版社 一九九三年出版）[⑤]等四庫系列叢書的出版而面世。

其三，還有一些版本珍稀的唐詩選本，通過大型版本彙編類叢書得以出版，如《中華再造善本》（國家圖書館出版社二〇〇五—二〇一四年出版）[⑥]、《故宫珍本叢刊》（海南出版社二〇〇一年出版）[⑦]、《原國立北平圖書館甲庫善本叢書》（國家圖書館出版社二〇一三年出版）[⑧]等。

其四，另有一些唐詩選本，因選評人較爲著名，或作品豐富，有文集出版，其選本也得以出版，如《楊升庵叢書》（天地出版社二〇〇二年出版）中收録《唐詩搜奇》等。

① 收録唐詩選本二十八種。
② 收録唐詩選本八種。
③ 收録唐詩選本二十一種。
④ 收録唐詩選本八種。
⑤ 收録唐詩選本十一種。
⑥ 收録唐詩選本十一種。
⑦ 收録唐詩選本四種。
⑧ 收録唐詩選本六種。

其五，還有一些内容較爲特殊的選本，被收入相關内容的彙編中，如《唐宫閨詩》收入《歷代宫闈文選》（上海群學社宣統三年鉛印本），《唐詩畫譜》收入《中國古代版畫叢刊》（上海古籍出版社一九九四年出版）等。

整體看來，到目前爲止，各種叢書已經影印出版的唐詩選本去其重複，已經有七十餘種，而經過整理的唐詩選本最多三十種，不到存世唐詩選本的十分之一，與存世的唐詩選本相比，揭示的選本還十分有限。

近幾十年來，古籍影印在出版界異軍突起，引人矚目。經部如《詩經》文獻，史部如家譜、方志，集部如楚辭文獻，他如戲曲、小説文獻，都有大規模的影印出版，爲讀者閲讀與研究提供了極大方便。但迄今爲止，唐詩選本的影印出版，還局限在單書零册，尚無一套成規模的影印叢書。存世唐詩選本的數量應達到四百六十種以上。即便保守地按照四百種來估算，其中有百分之三十以上屬於善本，有的則是存世孤本，一般研究者很難見到，難以進行研究和利用。如翁方綱《七言律詩鈔》稿本收藏於國家圖書館，屬孤本，罕有人見到其真實面目。所以，有必要對歷代唐詩選本作全面清理，並在此基礎之上，影印出版《歷代唐詩珍稀選本彙編》，這將極大豐富唐詩選本研究資料的利用，以滿足研究者和唐詩愛好者的需要，推動相關研究的發展。

《歷代唐詩珍稀選本彙編》是國家社科基金重大招標項目『歷代唐詩選本整理與研究』的子課題。在總課題框架下，課題組對歷代唐詩選本作了全面調查，系統總結歷代唐詩選本編纂、版本流傳與現存情况。在此基礎上，秉承目録學的傳統，依照《四庫全書總目》的體例，撰寫了唐詩選本提要。提要依年代排列，著録編寫者、版本情况、編寫内容（選録標準，選録詩人、詩作）、存藏情况。此次整理，不僅争取對唐詩選本竭澤而漁，搜集全備，而且尤其重視對唐詩選本的版本源流、版本優劣的考辨。這既是爲了給讀者提供可信的唐詩選本信息，同時也是編纂《歷代唐詩珍稀選本彙編》的基礎工作。

《彙編》所録歷代唐詩選本，起自唐代，訖於一九一一年，旨在反映歷代唐詩選本之全貌。然限於各方面因素，不可能全部收録，因此，選擇唐詩選本，確立了三個選録原則：

其一，歷代流傳較廣、影響亦大的唐詩選本；

其二，代表了某一時期詩學觀念的唐詩選本；

其三，流傳甚少的珍稀選本。

唐詩選本刊刻流傳情況比較複雜，一種選本有多個版本的情況亦比較常見，越是流傳久遠、影響較大的選本，版本就越複雜。根據唐詩選本的此種情況，《彙編》在編選過程中，對如何揭示版本給予了特別關注。一種選本有多種版本的情況下，《彙編》首選編刊時代最早、校勘最精的版本。同時爲了更充分反映唐詩選本面貌，儘可能多地揭示不同版本。如《極玄集》可分爲兩個版本系統，即一卷本系統和二卷本系統。《新唐書·藝文志》《崇文總目》《直齋書録解題》著録此書爲一卷，元代辛文房《唐才子傳》提及此書亦作一卷，可知自唐末至元代，此書一直以一卷本流傳。然而一卷本流傳至今者極爲罕見，目前僅知上海圖書館所藏汲古閣影宋抄本作一卷。元代始出現二卷本，蔣易刻本或即此系統之祖本。蔣易刻本今已失傳，康熙年間何焯曾據之校勘汲古閣本，略存其面貌①。明代以來諸本皆屬於這一系統，包括隆慶楊綵刻《六家詩選》本、秦西巖又玄齋抄本、萬曆刻《唐人選唐詩六種》本、萬曆張世才刻《唐詩六集》本、汲古閣刻《唐人選唐詩八種》本及明刻本，另如明萬曆間邵重生《極玄集參》也是依據二卷本。尤其是汲古閣本於清代最爲通行，影響很大。爲了使讀者能够看到此書不同版本真相，《彙編》既收録了流傳甚少的汲古閣影宋抄本，同時彙録了秦西巖又玄齋抄本、明刻本、萬曆張世才刻《唐詩六集》本四種影印。所以注重版本選擇，在求全的基礎上儘量出版好的版本，是此《彙編》的一大特色。

國家圖書館保存的古籍數量占中國古籍總量的百分之八十，其中有大量的唐詩選本。據

①可參見國家圖書館所藏傅增湘校跋並録何焯等批校、題識崇禎元年汲古閣刻《唐人選唐詩八種》本《極玄集》（書號：〇四九七）。

初步調查，國家圖書館保存的唐詩選本占全部存世唐詩選本的百分之六十至七十左右。此次整理影印唐詩選本，就是以國圖藏唐詩選本爲主，配以國内外其他存藏單位的重要唐詩選本，將有望成爲唐詩選本的一次最爲集中的彙集，無論對唐詩研究者還是對唐詩愛好者，都將有很大的幫助。

凡例

一、《彙編》所録歷代唐詩珍稀選本，起自唐代，訖於一九一一年。大體按照選編者時代編次，時代失考者附於所屬朝代之末。對已有唐詩選本予以增删、評點或箋注，而付諸刊刻或傳抄者，視爲新的選本。

二、唐詩之範圍習慣上延伸至五代詩歌，《彙編》亦如此處理。

三、《彙編》旨在反映歷代唐詩選本之全貌，因此收録標準從寬。凡對唐詩加以擇選而形成的總集，均予以收録。對其中特殊情况，説明如下：

（一）詩句選集，予以收録。

（二）唱和集、送别集、家集、詩人合集等合集，視編纂時是否包含擇選意圖，酌情予以收録。

四、《彙編》所録選本按時代排次，分爲「唐宋金元卷」「明代卷」「清代卷」。

五、每種選本擇選若干版本付之影印，按刊刻或傳抄時代繫於該種選本之下。擇選原則如下：

（一）早期版本，尤其是初刻本、後世傳本之祖本，儘量予以收録。

（二）對於後世傳本，選取其中具有代表性者，如一代之通行本、精校本、增訂本等。

（三）凡具有重要價值的評點本、批校本，亦予以收録。

（四）産生於域外的版本，如和刻本、朝鮮刻本，概不收録。

（五）近代以來輯佚本，概不收録。

六、每種書前撰有提要，考述編者生平、選目標準、流傳與影響、所選版本特點與價值等内容。

六家詩選

《六家詩選》提要

明楊巍輯。含《國秀集》《河岳英靈集》《中興間氣集》《極玄集》《搜玉小集》《篋中集》六種，凡四卷。楊巍（一五一六—一六〇八），字伯謙，號夢山，海豐（今山東無棣）人。嘉靖二十六年（一五四七）進士，官至吏部尚書，《明史》卷二二五有傳。

隆慶刻本書前有隆慶三年（一五六九）春徐爌《刻六家詩選叙》，稱楊巍因『談唐人選詩，謂六家稍近』，故將六家詩輯爲一書；書成後又經過兩次校訂，即『入關中命舉人張子車校之，携入晉而再校者臬憲楊君質甫也』，『校畢繡之梓』，使『誦是刻者知唐裁鑒』。據此可知《六家詩選》編纂刊刻之由來。

《六家詩選》爲現存較早的一種唐人選唐詩合刊本。序跋及分卷目次皆仍原選本之舊，而删汰原集目録。明人何良俊《四友齋叢説》云：『今世所傳《六家詩選》……終是唐人所選，尚得當時音調，與後人選者不同。』① 據此，或可知此書在當時已有一定影響，對後世各種唐人選唐詩合刊具有啓發借鑒意義。

傳世《六家詩選》均爲隆慶刻本。該本主持者爲楊綵，即徐爌叙中所言『臬憲楊君質甫』。

① 明何良俊《四友齋叢説》卷二十四，《明代筆記小説大觀》，上海古籍出版社二〇〇五年版，第一〇五九頁。

楊綵爲江西泰和人，生卒年不詳，曾師事楊巍。是本爲半葉九行，行十八字，白口，四周雙邊。隆慶刻本傳世者有三，分别收藏於上海圖書館、天津圖書館和南開大學圖書館。上海圖書館藏本爲周越然舊藏，天津圖書館藏本爲高世異舊藏。周氏《言言齋古籍叢談》『百歲老翁』條曾論及此本：

《六家詩選》者，唐人所選之唐詩也，計分四卷。（一）卷一，《國秀集》三卷，唐芮挺章編。（二）卷二，《河岳英靈集》上中兩卷。（三）卷三，《河岳英靈集》下卷，唐殷璠集；又《中興間氣集》二卷，唐高仲武集。（四）卷四，《極玄集》二卷，唐姚合選；《搜玉小集》一卷，不著撰人；又《篋中集》一卷，唐元結編。余家藏者，係明隆慶中白皮紙最初印本，白口，單魚尾，四周雙欄，半葉九行，行十八字。前有隆慶己巳徐爌序。……余之藏本，係莫氏舊物，有『莫科莫祁莫棠之印』『獨山莫氏銅井文房藏書印』等圖記。此書行世極稀，藏家視爲珍品。①

本次影印依據上海圖書館藏本（書號：綫善八〇一七七一—七四），書中鈐周越然『言言齋善本圖書』『曾留吴興周氏言言齋』『越然』藏印。

（韓　寧）

① 周越然《言言齋古籍叢談》，遼寧教育出版社二〇〇一年版，第二一四頁。

六家詩選

國秀集
河岳英靈集
中興間氣集
極玄集
搜玉小集
篋中集

上海圖書館藏明隆慶三年楊繇刻本

刻六家詩選敘

敘曰亥山楊先生之學得聖門敬簡宗旨肆其功業文章率正大菁英之尚而靡曼不與焉其談唐人選詩謂六家稍近入關中命舉人張子車校之携入晉而再校者臬憲楊君質甫也校畢繡之梓嗟乎區判文體猶之銓藻人材也世賢各任懐抱以意權

衡論丹忌卒悦丹非素能辨於丹卒
丹素之外斯神矣誦是刻者知唐哉
鑑得唐哉鑑者其知先生之識彈矣
乎三百篇達於治理斯之謂與先生
名巍山東海豐人其勲名著在海内
不具述質甫名綵江西泰和人也乃
先生與言詩者此刻多其力云
隆慶己巳春徐熿識

國秀集序

昔陸平原之論文曰詩緣情而綺靡是彩色相宣烟霞交映風流婉麗之謂也仲尼定禮樂正雅頌采古詩三千餘什得三百五篇皆舞而蹈之弦而歌之亦取其順澤者也近秘書監陳公國子司業蘇公嘗從容謂芮候曰風雅之後數千載間詞人才子禮樂大壞諷者溺於所譽志者乖其所之務以聲折為宏壯勢奔為清逸此蒿視者之目聒聽者之耳可為長太息也運屬

皇家否終復秦優游闕里唯聞子夏之言惆悵
河梁獨見少卿之作及源流浸廣風雲極致雖
發詞遣句未協風騷而披林擷秀揭厲良多自
開元以來維天寶三載譴謫蕪穢登納菁英可
被管絃者都為一集芮候即探書禹穴求珠赤
水取太冲之清詞無嫌近溷得興公之佳句寧
止擲金道苟可得不棄於厮養事非適理何貴
於膏粱其有巖壑孤貞市朝大隱神珠匿耀剖
巨蚌而寧周寶劍韜精望斗牛而未獲月之繼

素有愧遺才尚欲廵采風謡旁求側陋而陳公
已化為異物堆案颯然無與樂成遂因絶筆今
略編次見在者凡九十人詩二百二十首為之
小集成一家之言

六家詩選卷一　　國秀集上

李嶠 天官侍郎

侍宴甘泉殿

月宇臨丹地雲窻網碧紗御筵陳桂醑天酒酌榴花水向浮橋直城連禁苑斜承恩恣歡賞歸路滿烟霞

餞薛大夫護邊

荒隅時未通副相下臨戎授律星芒動分兵月暈空犀皮擁青橐象齒飭彫弓决勝三河勇長

驅六郡雄登山窺代北屈指計遼東佇見燕然上抽毫頌武功

送崔主簿赴滄州

紫陌追隨日青門相見時宦遊從此去離別幾年期芳桂中尊酒幽蘭下調悲他鄉有明月千里照相思

送司馬先生

蓬閣桃源兩處分人間海上不相聞一朝琴裏悲黄鶴何日山頭望白雲

宋之問 考功員外郎

同姚給事寓直省中見贈

清論滿朝陽高才拜夕郎還從避馬路来接珥貂行寵就黄扉日威回白簡霜栢臺遷烏茂蘭署得人芳禁靜鐘初徹更踈漏漸長晚河低武庫流火度文昌寓直恩輝重乘秋藻翰揚暗投空欲報調下不成章

九日登慈恩寺浮圖應制

鳳刹侵雲半虹旌倚日邊散花多寶塔張樂布

金田時菊芳仙醞秋蘭動膚篇香街稍欲晚清
蹕扈歸天

題大庾嶺一首

陽月南飛雁傳聞到此回我行殊未已何日復
歸来江静潮初落林昏瘴不開明朝望鄉處應
見嶺頭梅

登總持寺閣一首

梵宇出三天登玆望八川開襟俯城闕揮手拂
雲烟函谷青山外昆池落日邊東京楊柳陌少

别已經年

端州驛見杜審言王無競沈佺期閻朝隱壁有題慨然成詠

逐臣北地承嚴譴謂到南中每相見豈意南中岐路多千里萬里分鄉縣雲摇雨散各分飛海闊江長音信稀處處山川同瘴癘自憐能得幾人歸

登逍遥樓一首

逍遥樓上望鄉關緑水泓澄雲霧間北去衡陽

二千里無因雁足繫書還

杜審言 膳部員外郎

春日江津遊望

旅客摇邊思春江弄晚晴烟消垂柳弱霧卷落花輕飛棹乘空下回流向日平鳥啼移幾處蝶舞亂相迎忽歎人皆濁隄防水至清谷王恒不讓深可戒中盈

秋夜宴臨津鄭明府宅

行止皆無地招尋獨有君酒中堪累月身外即

浮雲露白宵鐘徹風清曉漏聞坐携餘興往還似未離羣

夏日過鄭七山齋

共有樽中好言尋谷口来薜蘿山徑入荷芰水亭開日氣含殘雨雲陰送晚雷洛陽鐘鼓至車馬繫遲回

九日宴江陰

蟋蟀期歸晚茱萸節候新降霜青女月送酒白衣人高興要長壽卑棲隔近臣新沙即此地舊

俗坐爲鄰

贈蘇綰書記

知君書記本翩翩爲許從戎赴朔邊紅粉樓中應計日燕支山下莫經年

沈佺期 太子詹事

三日侍宴梨園

九門馳道出上巳禊堂開畫鷁中流動青龍上死來野花飄御席河柳拂天杯日晚迎祥處笙鏞下帝臺

酬蘇員外夏晚寓直省中見贈

並命登仙閣分宵直禮闈太官供宿膳侍史護朝衣卷幔天河入開牕月露微小池殘暑退高樹早凉歸冠劍無時釋軒車待漏飛明朝題漢柱三署有光輝

壽陽王花燭

仙媛乘龍夕天孫捧雁来可憐桃李樹更遶鳳凰臺燭送香車入花臨寶扇開莫令銀漏晚爲盡合歡杯

宿七盤嶺

獨遊千里外，高臥七盤西。曉月臨床近，天河入戶低。芳春平仲緑，清夜子規啼。浮客空留聽，褒城聞曙雞。

送同社五過庾嶺

天長地闊嶺頭分，去國憂家見白雲。洛浦肝腸無用說，崇山瘴疫不堪聞。南浮漲海鳶何處，北望衡陽雁幾羣。兩地春風萬餘里，何時重謁聖明君。

張說　右丞相

魏齊王元忠

齊公生人表迥天閒鶴唳清論早揣摩玄心晚超詣入相廊廟靜出軍沙漠霽見深呂祿憂舉後陳平計甘心除君惡足以報先帝

蘇許公瓌

許公信國禎克美具瞻情百事資朝問三章廣世程處高心不有臨節自為名朱戶傳新戟青松拱舊塋淒凉丞相府餘慶在玄成

李趙公嶠

李公寔神敏才華乃天授睦親何用心處貴不忘舊故事遵臺閣新詩冠宇宙在人忠所奉惡我誠将宥南浦去無歸嗟嗟蔑孫秀

郭代公元振

代公舉鵬翼懸飛摩海霧志康天地屯適與雲雷遇興亡一言決安危萬心注大勲書王府窄命淪江路勢傾北夏門衰靡東平樹

趙耿公彥昭

耿公山嶽靈才傑心亦妙鷙鳥峻標立哀玉扣
清調叶賛休明啓恩華日月照何意瑶臺雲風
吹落江徼相流下潯陽灑淚一投吊

徐安貞中書侍郎

奉和聖制答二相出雀鼠谷

兩臣初入夢二月扈巡邊澗北寒猶在山南春
半傳頌聲先奉御辰象復回天雲日明千里旌
旗照一川柳陰低輦路草色變新田還望汾陽
近宸遊自窅然

從駕温泉宫

神女調温液年年待聖人試開臨水殿来洗屬車塵暖氣随明主恩波浹近臣靈威自無極從此獻千春

晝殿侍宴

校文常近日賜宴忽昇天酒正傳杯至饔人捧案前玉階鳴溜水清閣引歸烟共惜芸香暮春風度幾年

送王判官

明月開三硤花源出五溪城池青壁裏烟火綠
林西不畏王程促唯愁仙路迷巴東下歸棹莫
待夜猿啼

送吕向補闕西岳勒碑

聖作西山頌君其出使年勒碑懸日月驅傳接
雲烟寒盡函關路春歸洛水邊别離能幾許朝
暮玉墀前

○送册陽採訪

郡縣分南國皇華出聖朝為憐鄉棹近不道使

車遥舊俗吳三讓遺風漢六條願言除疾苦天
子聽謳謡

張敬忠 京兆

邊詞

五原春色舊來遲二月垂楊未挂絲即今河畔
氷開日正是長安花落時

賀知章 祕書監

送人之軍中

常經絶脉塞復見斷腸流送子成今別令人起

昔愁隴雲晴半雨邊草夏先秋萬里長城寄無貽漢國憂

偶遊主人園

主人不相識偶坐為林泉莫謾愁酤酒囊中自有錢

徐彦伯　太子賓客

孤燭嘆

切切夜閨冷微微孤燭然玉盤紅淚滴金燼彩光圓暖手縫輕素嚬蛾續斷絃相思咽不語回

向銷屛眼

王翰 仙州別駕

涼州詞二首

蒲萄美酒夜光杯，欲飲琵琶馬上催。醉臥沙場君莫笑，古來征戰幾人回。

秦中花鳥已應闌，塞外風沙猶自寒。夜聽胡笳折楊柳，教人氣盡憶長安。

董思恭 中書舍人

奉試昭君

琵琶馬上彈行路曲中難漢月正南遠燕山極
北寒鬢鬟風拂亂眉黛雪霑殘斟酌紅顔趣何
勞握鏡看

杜儼　新安丞

客中作一首

書劒催人不暫閑洛陽羇旅復秦關容顔歲歲
愁邉改鄉國時時夢裏還

崔滌　殿中少監

望韓公堆一首

韓公堆上望秦川渺渺關山西接連孤宦一身千里外未知歸日是何年

沈宇 太子洗馬

武陽送別

菊黃蘆白鴈初飛羌笛胡琴淚滿衣送君腸斷秋江水一去東流何日歸

劉希夷 廣文進士

覽鏡

青樓挂明鏡臨照不勝悲白髮今如此人生能

幾時秋風下山路明月上春期歎息君恩盡容
顏不可思

晚春

佳人眠洞房回首見垂楊寒盡鴛鴦被春生玳
瑁床庭陰幕青靄簾影散紅芳寄語同心伴迎
春且薄粧

歸山

歸去蒿山道煙花覆青草草緑山無塵山青楊
挪春日暮松聲合空歌思殺人

張九齡

奉詶宋大使昺一首

時来不息意宿昔繆鈞衡翊聖輔明主妨賢愧友生罷歸猶未識待罪尚南荆政是留棠舊風因繫組清軒車問疾苦黎庶荷仁明衰廢時將薄祇應僚舊情

奉和五司馬折梅寄京中兄第

離别念同嬉芬榮欲共持獨攀南國樹遥寄北風時林惜迎春早花愁去日遲仍聞折梅處更

有棣華詩

春燕寄懷一首

海燕何微眇乘春亦蹔来不知泥滓賤祇見玉堂開繡戸時雙入雕梁日幾回無心與物競鷹隼莫相猜

席豫　禮部尚書

蒲津迎駕

回鑾下蒲坂飛斾指秦京雕上黄雲送關中紫氣迎霞朝看馬色月曉聽雞鳴防拒連山險長

橋壓水平省方知化洽察俗覺時清天下長無事空餘襟帶名

奉和勑賜公主鏡

令節頒龍鏡仙輝下鳳臺含靈萬象入寫照百花開色與皇明散光隨聖澤来妍蚩氷鑑裏從此媿非才

李邕　靈昌太守

詠雲

綵雲驚歲晚繚繞孤山頭散作五般色凝為一

叚愁影雖沉澗底形在天際遊風動必飛去不
應長此留

盧僎 吏部員外郎

十月梅花書贈

君不見巴鄉冬候與華别年年十月梅花發上
苑今應雪作花寧知此地花爲雪自從遷播落
黔巴三見江上舞新花故園風光靈洛汭窮峽
凝雲度歲華花情縱似河陽好客心倍傷邊候
早春候颯驚樓上梅霜威未落江潭草江水尋

天去不還樓花覆簾空坐攣一向花前看白髮
幾回夢裏憶紅顔紅顔白髮雲泥改何異桑田
移碧海却想華年故園時唯有一片空心在空
心吊影向誰陳雲臺仙閣舊遊人儻知巴樹連
冬發應憐南國氣長春

稍秋曉坐閣遇舟東下揚州即事寄上

族父江陽令

虎嘯山城晚猿鳴江樹秋紅林架落照青峽送
歸流歸流赴淮海征帆下揚州族父江陽令盛

業繼前脩文掩崔亭伯德齊陳太丘時哉惜未
與千載且為儔憶昔山陽會長懷東上遊稱觴
阮林下雪賦謝庭幽道濃禮自畧氣舒文轉遒
高情薄雲漢酣態坐芳洲接席復連軫出入陪
華輈獨善與兼濟語默奉良籌歲月歡無已風
雨暗颼颼掌憲時持節為邦邈海頭子人惠雖
樹蒼生望且留徹躬趍直道神甸忝清猷仙臺
適西步蠻徼忽南浮宇内皆安樂天涯獨遠投
忠信徒堅仗神明豈黙訓觀生海漫漫稽命天

悠悠雲昏巴子峽月遠吴王樓懷昔明不寐悲
今歳屬周䏶無排雲翮暫得抒離憂空灑霑江
淚萬里逐行舟

初出京邑有懷舊林

賦生期獨得素業守微班外忝文學知鴻漸鴛
鶩閒内傾水木趣築室依近山晨趍天日宴夕
臥江海閑松風生坐隅仙禽舞亭灣曙雲林下
客霽月池上顔雖曰坐郊園静黙非人寰時步
蒼龍闕寧異白雲關語濟豈時顧黙善忘世攀

世網余何觸天涯謫南蠻回首思洛陽喟然悲

貞艱舊林日夜遠孤雲何時還

上幸皇太子新院應制

佳氣曉葱葱乾行入震宫前星迎北極少海被

南風視膳銅樓下吹笙玉座中訓深家以正義

舉俗為公父子成鈞合君臣禹啓同仰天歌聖

道猶愧乏雕蟲

奉和李令扈從温泉宫賜遊驪山韋侍

郎別業

扆后軒皇佐雲峰謝客居承恩來翠嶺締賞出

冊除飛蓋松溪寂清笳玉洞虚窺巖詳霧豹過

水略泉魚鄉入無何有時還上古初伊皐羞過

狹魏邴服麈麤疎白雪緣情降青霞落卷舒多慙

即署在輕繼國風餘

送蘇八給事出牧徐州相國請出同芳

韻

金鼎屬元方璪闈連季常畏盈聊出守分命乃

維良曉騎辭朝遠春帆向楚長賢哉謙自牧天

下詠餘芳

季冬送户部郎中使黔府選補

握鏡均荒服分衡得大同徵賢一臺上補吏五
溪中雨露將天澤文章播國風漢庭聚自諒楚
峽望清通馬遂霜鴻漸帆沿曉月空還期鳳池
拜照耀列星宫

讓帝挽歌詞

泰伯玄風遠延州德讓行闔棺追大節樹羽册
鴻名地户迎天仗皇階失帝兄還聞漢明主賜

劒泣東平
朝天馳馬絶冊帝　宫祖恍惚陵廟新蕭條池
館古萬化一朝空哀樂此路同西園有明月修
竹韻悲風

題殿前桂葉

桂樹生南海芳香隔楚山今朝天上見疑是月
中攀

歲晚還京臺望城闕成口號先贈親
紫陌開行樹朱城出晚霞猶憐慣去國疑是夢

還家風弱知催柳林青覺待花交親望歸騎幾處擁年華

南樓望

去國三巴遠登樓萬里春傷心江上客不是故鄉人

臨川送别

秋郊日半隱野樹煙初映風水正蕭條那堪動離詠

張㬰　司勳員外

江南遇雨一首

江天寒意少冬半雨仍飛出户愁爲聽從風灑
客衣旅魂驚處斷鄉信意中微幾日應晴去孤
舟且欲歸

孫逖 刑部侍郎

送趙護邊

外域分都護中臺命職方欲傳清廟略先取劇
曹郎已佩登臺印猶懷伏奏香百壺開詔餞四
牡戒戎裝青海連西掖黄河帶北凉關山瞻漢

月支劍宿胡霜體國才先著論兵策復長果持
文武術還繼杜當陽

張丞相燕公挽歌詞二首

海内文章伯朝端禮樂英一言興寶運三入濟
蒼生命與才相偶年將位不并台星忽已坼流
慟軫皇情
甲第三重戟高門四列侯已成冠蓋里更有鳳
凰樓人世方爲樂生涯遽若休空餘掌綸地傳
慶幾千秋

送張環攝御史監南選

漢使得張綱威名攝遠方恩霑柱下史榮比選曹郎江帶黔中闊山連峽水長莫愁炎暑地秋至有嚴霜

春日留別

春路逶迤花郷前孤舟晚泊就人烟東山白雲不可見西陵江月夜消消春江夜盡潮聲度征帆遥從此中去越國山川看漸無可憐愁思江南樹

途中口號

鄴城東北望陵臺珠翠繁華去不回無復新粧
艷紅粉空餘故壟滿青苔

趙良器 兵部員外

三月三日曲江錫宴

聖祖發神謀靈符叶帝求一人光錫命萬國荷
時休雷解圜丘畢雲需曲水遊岍花迎步輦仙
仗擁行舟春藻天中降恩波海外流小臣同品
物陪此樂皇猷

鄭國夫人挽歌詞

淑德延公胄宜家接帝姻桂宫男掌僕蘭殿女昇嬪恩澤昭前命盈虚變此辰百年今已矣彤管列何人

黄麟金部員外

郡中客舍

蟲響亂啾啾更人正數籌魂歸洞庭夜霜卧洛陽秋微月有時隱長河到曉流起來還囑鴈鄉信在吴洲

郭向 太子尉

途中口號

抱玉三朝楚懷書十上秦年年洛陽陌花鳥弄歸人

六家詩選卷一　國秀集上終

六家詩選卷一　　國秀集中

郭良　金部員外

題李將軍山亭

鳳轄將軍位龍門司隷家衣冠爲隱逸山水作繁華徑出重林草池摇兩岸花誰知貴公第亭院有烟霞

早行

早行星尚在數里未天明不辨雲林色空聞風水聲月從山上落河入斗間横漸至重門外依

稀見洛城

蔣洌　考功員外

南溪別業

結宇依青嶂開軒對綠疇樹交花兩色溪合水同流竹徑春來掃蘭樽夜不收逍遙自得意鼓腹醉中遊

古意

冉冉紅羅帳開君玉樓上畫作同心鳥啣花兩心向春風正可憐吹映綠窗前妾意空相感君

心何處邊

劉庭琦 西河長史

從軍

朔風吹寒塞胡沙千萬里陣雲出岱山孤月生
海水次勝方求敵銜恩本輕死蕭蕭牧馬鳴中
夜拔劒起

詠木槿樹題武進文明府廳

物情良可見人事不勝悲莫恃朝榮好君看暮
落時

王喬 安定太守

過故人舊宅

故人軒騎罷歸來舊宅園林閉不開唯餘挾瑟高堂婦哭向平生歌舞臺

張諤 陳王掾

東封山下宴羣臣

萬里扈封巒羣公遇此歡幔城連夜靜霜仗滿空寒輦路宵煙合旌門曉月殘明朝陪聖主山下禮圓壇

○岐王美人

半額畫雙蛾盈盈燭下歌玉杯寒意少金屋夜
情多香艷王分帖裙嬌勅賜羅平陽莫漫妬[redacted]
出不如他

贈吏部孫員外濟一首

天子愛賢才星郎入拜來明光朝半下建禮直
初回名帶含香發文隨綺幕開披雲自有鏡從
此照仙臺

岐王山亭

王家傷綠池春色正相宜豈有樓臺好兼看草
樹奇石榴天上葉椰子日南枝出入千門裏年
年樂未移

九日宴一首

秋葉風吹黄颯颯晴雲日照白鱗鱗歸來得問
茱萸女今日登高醉幾人

鄭審司勲員外

酒席賦得匏瓢

華閣與賢開仙瓢自遠來幽林常伴許陋巷亦

隨回挂影憐紅壁傾心向緑杯何曾斟酌處不
使玉山頽

薛奇童 大理司直

擬古

沙塵朝蔽日失道還相遇寒影波上雲秋聲月
前樹川氣生曉夕野陰乍烟霧沉沉滮池水人
馬不敢度吮癰世所薄挾纊恩難顧不見古時
人中宵淚横注

和李起居秋夜之作

過庭聞禮日趨侍記言回獨臥王窻前卷簾殘
雨來高秋南斗轉凉夜北堂開水影入朱戸螢
光生緑苔簡成良史筆年是洛陽才莫重白雲
意時人許上台

吴聲子夜歌

淨掃黄金堦飛霜皓如雪下簾彈箜篌不忍見
秋月

崔顥　太僕寺丞

古遊俠

少壯有膽氣好勇復知機仗劒出門去孤城逢
合圍殺人遼水上走馬漁陽歸錯落金瑣甲蒙
茸貂鼠衣還家行且獵弓矢速如飛地迥鷹犬
疾草深狐兔肥腰間帶兩綬轉盼生光輝顧謂
今日戰何如隨建威

結定襄獄効陶體

我在河東時使至定襄里定襄黠小兒爭訟紛
城市長老莫敢言太守不能理謗書盈几案文
墨相塡委牽引市井翁追呼田家子我來折此

御五聽辨疑似小大必以情未嘗施鞭捶是時
三月暮遍野農耕起里巷鳴春鳩田園引流水
此鄉多雜俗戎夏殊音旨顧問邊塞人勞情曷
云已

贈輕車

悠悠遠行歸經春涉長道幽冀桑始青洛陽蠶
已老憶昨戎馬地別時心草草烽火從北來邊
城閑當早平生少相遇未得展懷抱今日杯酒
中見君交情好

岐王席觀妓

二月春來半　王家日漸長　柳垂金屋暖　花覆玉
樓香　拂匣先臨鏡　調笙更炙簧　長將歌舞態　只
擬奉君王

題沈隱侯八詠樓

梁日東陽守　爲樓望越中　緑窻明月在　青史古
人空　江静聞山狖　川長數塞鴻　登臨白雲晚　留
恨此遺風

贈梁州張都督

聞君為漢將虜騎不南侵出塞清沙漠還家拜
羽林風霜臣節苦歲月主恩深為語西河使知
余報國心

題黃鶴樓

昔人已乘白雲去此地空餘黃鶴樓黃鶴一去
不復返白雲千載空悠悠晴川歷歷漢陽樹芳
草萋萋鸚鵡洲日暮鄉關何處是煙波江上使
人愁

徐九皋 河陰尉

關山月

玉塞抵長城金徽映高闕遥心萬餘里直望三
邊月霜静影逾懸露稀光漸没思君不可見空
歎將馬歇

戰城南

塞北狂胡旅城南敵漢圍嶢嵒一鼓氣拔利五
兵威虜騎瞻山哭王師拓地飛不應須寵戰當
遂勒金徽

詠史

亡國秦韓代榮身劉項年金槌擊政後玉斗碎
增前聖主稱三傑明離保四賢已申黄石祭方
慕赤松仙

途中覽鏡

四海遊長倦百年愁半侵賴窺明鏡裏時見丈
夫心

送部四鎮人往單于别知故

天下今無事雲中獨未寧忝驅更戍卒方遠送
邊庭馬飲長城水軍占太白星國恩行可報何

必守經營

閻寬　醴泉尉

松滋江北阻風

江風久未歇山雨復相仍巨浪天涯起餘寒川上凝憂人勞夕惕鄉事僃晨興遠聽知音駭誠哉不可凌

曉入宜都渚

問俗周楚甸川行眇江潯興隨曉光發道會春言深回眺佳氣象遠懷得山林佇應舟楫用曷

務歸閑心

古意

庭樹發華滋瑤草復葳蕤好鳥飛相從愁人深
此時天中有靈匹日夕顰蛾眉顧逐飄風花千
里入遥帷心逝愛不見空歌悲莫悲

春宵覽月

月生東荒外天雲收夕陰愛見澄清景象吾虛
白心耳目靜無譁神超道性深秉興得至樂寓
言因永吟

秋懷

下帷長日盡虛館早凉生芳草猶未薦如何蜻蛚鳴秋風已振衣客去何時歸為問當途者寧知心有違

康定之 河陰令

詠月

天使下西樓光含萬里愁臺前疑挂鏡簾外佀懸鉤張尹將眉學班姬取扇儔佳期應借問為報在刀頭

王維 尚書右丞

河上送趙仙舟

相逢方一笑相送還成泣祖席已傷離荒城復愁入天寒遠山靜日暮長河急解纜君已遥望君空佇立

初至山中

中歲頗好道晚家南山陲興來每獨往勝事秖自知行到水窮處坐看雲起時偶然見林叟談笑滯還期

途中口號

廣武城邊逢暮春汶陽歸客淚霑巾落花寂寂

啼山鳥楊柳青青渡水人

成文學

寶劒千金裝登君白玉堂身爲平原客家有邯

鄲娼使氣公卿坐論心遊俠場中年不得意謝

病客遊梁

扶南曲

怪來粧閤閉朝下不相迎總在春園裏花間語

笑聲

息夫人怨

莫以今時寵能忘昔日恩看花滿眼淚不共楚王言

送敀四葬

送君返葬石樓山松栢蒼蒼賓馭還埋骨白雲長已矣空餘流水向人間

萬齊融 崑山令

贈別江

東南飛鳥處言是故鄉天江上風花晚君行定
幾千計程頻破月數别屢開年明歲潯陽水相
思寄採蓮

送陳七還廣陵

風流誰氏子雖有舊無雙歡酒言相許愁弦意
不降落花馥河道垂楊拂水窓海潮與春夢朝
夕廣陵江

樓頴　進士

伊水門

朝陟伊水門伊水入門流愜心乃成興興澹然況孤舟霏微傍青靄容與隨白鷗竹陰交前浦椰花娟中洲日落陰雲生彌覺茲路幽聊以忩所適此外知何求

東郊納涼憶左威衛李録事収昆季太原崔參軍三首并序

僕三伏於通化門東北數里避暑之地地即故倅天官顧公之舊林今貳冢宰君李公之別業右抵禁籞斜界沁園空水相暉步虹橋而下視竹木

交映弄仙棹而傷窺足滌煩襟逃蒸
暑獨往成興恨不與數公共之率然
有作因以見意
水竹誰家宅幽庭向死門今知季倫沼舊是辟
疆園饑鷺窺魚靜鳴鵶帶子喧興成祇自適欲
賦反忘言
納凉每選地近得青門東林與繚垣接池將沁
水通枝交帝女樹橋映美人虹想是忘機者悠
悠在興中

林間求適意池上得清飈稍稍斜回檝時時一度橋水光壁際動山影浪中摇不見李元禮神仙何處要

西施石

西施昔日浣沙津石上青苔思殺人一去姑蘇不復返岸傍桃李爲誰春

崔國輔 左補闕

杭州北郭戴氏荷池送侯愉

秋近萬物肅况當臨水時折花贈歸客離緒斷

荷絲誰謂江國永故人感在兹道存過北郭情
極望東菑喬木故園意鳴蟬窮巷悲扁舟竟何
待中路每遲遲

宿法華寺

松雨時復滴寺門清且凉此心竟誰證回憇支
公牀壁畫感靈跡龕經傳異香獨遊寄象外忽
忽歸南昌

送韓十四被魯王推遞往濟南府

西候情何極南冠怨有餘梁王雖好士不察獄

中書

少年行

遺却珊瑚鞭白馬驕不行章臺折楊柳春日路傍情

古意

紅荷楚水曲麄柄爍晨霞未得兩回摘秋風吹却花時芳不待妾玉佩無處誇悔不盛年時嫁與青樓家

渭水西別李崙

隴外長亭候山深古塞秋不知嗚咽水何事向西流

李嶷 右武衛録事

讀前漢外戚傳

人録尚書事家臨御路傍鑿池通渭水避暑借明光印綬妻封邑軒車子拜郎寵因宮掖裹勢極必先亡

遊俠

玉劍膝旁横金杯馬上傾朝遊茂陵道夜宿鳳

凰城豪傑多猜忌無勞問姓名

王泠然 校書郎

淮南寄舍弟

昔予從不調經歲旅淮源念爾長相失何時返故園寄書迷處所分袂隔凉温遠道俱爲客他鄉共在原歸情春伴鴈秋泣夜隨猿愧見高堂上朝朝獨倚門

李收 右武衛録事

和中書侍郎院壁畫雲

粉壁畫雲成，如能上太清。影從霄漢發，光照掖垣明。映篠多幽趣，臨軒得野情。獨思作霖雨，流潤及生靈。

幽情

幽人惜春暮，潭上折芳草。佳期何時還，欲寄千里道。

賀朝　會稽尉

宿香山閣

暝上春山閣，梯雲宿半空。軒牕閉潮海，枕席拂

煙虹朱網防棲鴿紗燈護夕蟲一聞雞唱曉已見日曈曈

贈酒店胡姬

胡姬春酒店絃管夜鏘鏘紅氍鋪新月貂裘坐薄霜玉盤初膾鯉金鼎正烹羊上客無勞散聽歌樂世娘

孤興

晴日暖珠箔夭桃色正新紅粉清鏡中娟娟可憐嚬君子在遐險蕙心誰見珍羅幕空掩晝玉

頽暗移春江臣語幽獨再三情未申黄鵠千里翅芳音遲所因

楊重玄 進士

正朝上左相張燕公

歲去愁終在春還命不來長吁問丞相東閣幾時開

○

常建 前進士

戲題湖上

湖上老人坐島頭湖裏桃花水却流竹竿嫋嫋

白波際不知何者吞吾鈎

孟浩然 處士

夏日宴衛明府宅遇北使

言避一時暑池亭五日開喜逢金馬客同飲玉
人杯舞鶴乘軒至游魚擁釣來座中殊未起簫
管莫相催

題榮二山池

甲第開金穴榮期樂自多櫪嘶支遁馬池養右
軍鵝竹引携琴入花邀載酒過山公來取醉時

唱接䍠歌

江上思歸

木落鴈南度北風江上寒我家襄水曲遥隔楚山端鄉淚客中盡歸帆天外看迷津欲有問平海夕漫漫

過陳大水亭

水亭凉氣多閑棹晚來過澗影見藤竹潭香聞芰荷野童扶醉舞山鳥助酣歌幽賞未云遍煙花奈夕何

渡浙江

潮落江平未有風，歸舟共濟與君同。時時引領望天末，何處青山是越中。

長樂宮

秦城舊來稱窈窕，漢家更衣應不少。紅粉邀君在何處，青樓苦夜長難曉。長樂宮中鐘暗來，可憐歌舞慣相催。歡娱此事今寂寞，唯有年年陵樹哀。

渡楊子江

挂檝中流望京江兩畔明林開楊子驛山出潤州城海盡邊陰靜江寒朔吹生更聞楓葉下淅瀝度秋聲

程彌綸 進士

懷魯

曲阜國兮丘山周公邈難問夫子猶啓關復風雩兮若見游夏興兮魯頽天孫天孫何爲今兮學且難貟星明而東遊閑閑

丁仙芝 餘杭尉

京中守歲

守歲多燃燭通宵莫掩扉客愁當暗滴春色向明歸玉斗廻初匝銀河落漸微開正獻歲酒千里間庭闈

六家詩選卷一　國秀集中　終

六家詩選卷一　　國秀集下

范朝　進士

甯王山池

水勢臨階轉峯形對路開槎從天上得石是海邊來瑞草分叢種祥花間色栽舊傳詞賦客唯見有鄒枚

題石龕寺

勝境宜長望遲春好散愁關連四塞起河帶八川流複磴承香閣重巖映彩樓為臨溫液近偏

美聖君遊

徐晶魯郡録事

贈温駙馬汝陽王

疇昔承餘論文章幸濫推夜陪銀漢賞朝奉桂山詞梁邸調歌日秦樓按舞時登高頻作賦體物屢爲詩連騎長楸下浮觴曲水湄北堂留上客南陌送佳期憶作陪臨汎于今阻宴私再看冬冬雪滿三見夏花滋都尉朝青閣淮王侍紫墀寧知倦遊者華髮老京師

蔡起居山亭

文史歸休日棲閑卧草亭薔薇一架紫石竹數重青垂露和仙藥燒香誦道經莫將山水弄持與世人聽

送友人尉蜀中

故友漢中尉請爲西蜀吟人家多種橘風土愛彈琴水向昆明闊山連大夏深理閑無別事時寄一登臨

梁鍠　執戟

觀美人臥

妾家巫峽陽羅帳寢銀牀曉日臨窻久春風引夢長落釵猶罥鬢微汗欲銷黄縱使朦朧覺魂猶逐楚王

贈李中華一首

莫向嵩山去神仙多誤人不如朝魏闕天子重賢臣

屈同仙　千牛兵曹

燕歌行

君不見漁陽八月塞草腓征人相對併思歸雲和朔氣連天黑蓬雜驚沙散野飛是時天地陰埃遍瀚海龍城皆習戰兩軍鼓角暗相聞四面旌旗看不見昭君遠嫁已年多戎狄無厭不復和漢兵候月秋防塞胡騎乘冰夜渡河河塞東西萬餘里地與京華不相似燕支山下少春輝黃沙磧裏無流水金戈玉劍十年征紅粉青樓多怨情厭向殊鄉久離別秋來愁聽擣衣聲搜玉

有但云胭同少仙字習戰作血戰不復和作尚

不知春輝作光輝厭向作厭歸愁聽作……

長也

烏江女

越豔誰家女朝遊江岸傍青春猶未嫁紅粉舊來娼錦袖盛朱橘銀鈎摘紫房見人羞不語回艇入溪藏

豆盧復 前崇玄生

昌年公之作

但有離宮處君王每不居旗門芳草合輦路小槐疎殿閉山烟滿牕凝野靄虛豐年多望幸春

色待鑾轝

落第歸鄉留別長安主人

客裏愁多不記春聞鶯始歎栁條新年年下第東歸去羞見長安舊主人

丘爲　進士

山行尋隱者不遇

絶頂一茅茨直上三十里扣關無僮僕窺室唯案几旣非巾柴車應是釣秋水蹉跎不相見黽勉空仰止草色新雨中松聲晩窻裏雖無賔主

意頗得淸淨理興盡方下山何必見夫子

○題農盧舍

東風何時至已綠湖上山湖上春既早田家日不閑溝塍流水處耒耜平蕪間薄暮飯牛罷歸來還閉關

荆冬倩 校書郎

奉試詠青

路關天光遠春還月道臨草濃河畔色槐結路邊陰未映君王史先標胄子襟經明如可拾自

有致雲心

張子容　晉陵尉

除夜宿樂城逢孟浩然

遠客襄陽郡來過海畔家樽開栢葉酒燈發九枝花妙曲逢盧女高才得孟嘉東山行樂意非是競奢華

永嘉作

拙宦從江左投荒更海邊山將孤嶼近水共惡溪連地濕梅多雨潭蒸竹起烟未應悲晚髮炎

瘁苦華年

李頎 新鄉尉

望秦川

秦川朝望迥日出正東峰遠近山河淨逶迤城闕重秋聲萬户竹寒色五陵松客有歸歟歎淒其霜露濃

塞下曲

黄雲鴈門郡日暮風沙裏千騎黑貂裘皆稱羽林子金笳吹朔雪鐵馬嘶雲水帳下飲蒲萄平

生寸心是

遇劉五

洛陽一別梨花新黄鳥飛飛逢故人携手當年共為樂無驚蕙草惜殘春

白花原

白花原頭望京師黄河流水無已時秋天曠野人行絶馬首西來知是誰

褚朝陽　進士

登少室山寺

飛閣青雲裏先秋獨早凉天花映牕近月桂拂簷香華岳三峰小黃雲一帶長空間指歸路煙處有垂楊

奉上徐中書

中禁仙池越鳳凰池邊詞客紫微郎既能作頌雄風起何不時吹蘭蕙香

崔曙 河内尉

登河陽斗門見張貞期題黃河詩因以感寄

吾友東南美昔聞登此樓人從川上去書在壁
中留巖子好眞隱謝公耽遠遊清風初作興夏
日復銷愁詩與文字古迹隨山水幽巳韋蒼生
望空見黃河流榮樂春將晚悲涼物似秋天高
不可問掩泣赴行舟

奉試明堂火珠詩

正位開重屋凌空出火珠夜來雙月滿曙後一
星孤天淨光難滅雲生望欲無遥知太平代國
寳柱名都

對雨送鄭陵

別愁復兼雨別淚還如霰寄心海上雲千里長相見

九日登望仙臺仍呈劉明府容

漢文皇帝有高臺此日登臨曙色開三晉雲山皆北向二陵風雨自東來關門令尹誰能識河上仙公去不回我欲近尋彭澤宰陶然共醉菊花杯

嵩山尋馮鍊師不遇

青溪訪道淩煙曙王子仙成已飛去更值空山
雷雨時雲林薄暮歸何處

王昌齡　校書郎

趙十四兄見尋

客來舒長簟開閣乘凉風但有無絃琴共君盡
尊中晚來常讀易頃者欲還嵩世事何須道黄
精且養蒙嵇康殊寡識張翰獨知終忽憶鱸魚
膾扁舟往江東

望臨洮

飲馬度秋水水寒風似刀平沙日未沒黯黯見
臨洮當日長城戰咸言意氣高黄塵足今古白
骨亂蓬蒿

塞下曲

蟬鳴空桑林八月蕭關道出塞復入塞處處黄
蘆草從來幽并客皆向沙場老莫作遊俠兒矜
誇紫騮好

從軍古意

青海長雲暗雪山孤城遥望玉門關黄沙百戰

穿金甲不斬樓蘭終不還

古意

桃花四面發桃葉一枝開欲暮黄鸝囀傷心玉鏡臺清箏向明月半夜春風來

梁洽　進士

觀漢水

發源自嶓冢東注經襄陽一道入溟渤别流爲滄浪求思詠游女投弔悲昭王水濱不可問日暮空湯湯

鄭紹 武進尉

遊越溪

溪水碧悠悠，猿聲斷客愁。漁潭逢釣楫，月浦值孤舟。訪泊隨煙火，迷途視斗牛。今宵越鄉意，還取醉忘憂。

嚴維 進士

贈別東陽客

明月雙溪水，春風八詠樓。少年爲客處，今日送君遊。

遊灞陵山

入山未盡意勝跡聊獨尋方士去在昔藥堂留至今四隅白雲閒一路青溪深芳秀愜春目高閑宜遠心潭分化丹水山接昇仙林此道人不悟坐鳴松下琴

入唐溪

嘯終萬籟起吹去當溪雲環嶼或明昧遠峰尚氛氳雨新翠葉發夜早玄象分金澗流不盡入山深更聞

朱斌 處士

○登樓

白日依山盡黄河入海流欲窮千里目更上一

重樓

蘇綰 左拾遺

奉和姚令駕幸温湯喜雪應制

漢主新豊邑周王尚父師雲符沛童唱雪應海

神期秩變驚春早山明訝夕遲况逢温液沛恩

重御裘詩

王諲　右補闕

閨情

日暮裁縫歇深嫌氣力微纔能收篋笥懶起下簾帷怨豈空燃燭愁眠不解衣昨來頻夢見夫婿莫應知

夜日看搊箏

調箏夜坐燈光裏却挂羅帷露纖指朱絃一一聲不同玉柱連連影相似不知何處學新聲曲曲彈來未覩名應是石家金谷妓流傳未滿洛

陽城

盧象 右補闕

駕幸温泉

傳聞聖主幸新豐清蹕鳴鑾出禁中細草終朝隨步輦垂楊幾處逸行宫千官扈從驪山北萬國來朝渭水東此日小臣徒獻賦漢家誰復重楊雄

贈廣川馬先生

經書滿腹中吾識廣川翁年老甘無位家貧懶

發蒙人歸洙泗學歌盛舞雩風願接諸生禮三
年事馬融

梁德裕 四門助教

感寓

彩雲呈瑞質五色發人寰獨作龍武狀孤飛天
地間隱隱臨北極峩峩象南山根在帝鄉外不
逢枝葉攀

○又

幽澗生蕙若幽渚老江蘺榮落人不見芳香徒

爾為不及綠萍草生君紅蓮池左右美人弄朝
夕春風吹葉洗玉泉水珠清湛露滋心亦願如
此託君君不知

楊謙 永樂丞

○長孫十一東山春夜見贈

故人謝城闕揮手碧雲期谿月照隱處松風生
興時舊林日云暮芳草歲空滋甘與子成夢請
君同所思

芮挺章 進士

江南弄

春江可憐事最在美人家鸚鵡能言鳥芙蓉巧笑花地銜金作埒水抱玉爲砂薄晚青絲騎長鞭赴狹斜

少年行

任氣稱張放銜恩在少年玉階朝就日金屋夜昇天軒騎青雲際笙歌綠水邊建章明月好留醉伴風煙

張萬頃　進士

東溪待蘇户曹不至

洛陽城東伊水西千花萬竹使人迷臺上柳枝臨岸低門前荷葉與橋齊日暮待君君不見長風吹雨過青溪

登天目山下作

去歲離秦望今冬使楚關淚添天目水髮變海頭山别母烏南逝辭兄鴈北還宦遊偏不樂長為憶慈顔

常非月　西河尉

詠談容娘

舉手整花鈿翻身舞錦筵馬圍行處匝人壓看場圓歌要齊聲和情教細語傳不知心大小容得許多憐

沈頌 無錫尉

旅次灞亭

閑琴開旅思清夜有愁心圓月正當戶微風猶在林滄茫孤亭上歷亂多秋音言念待明發東山幽意深

春旦歌

常聞嬴女王簫臺奏曲情深彩鳳來欲登此地銷歸恨却羨雙飛去不回

樊晃 前進士

南中感懷

南路蹉跎客未回常嗟物候暗相催四時不變江頭草十月先開嶺上梅

包融 大理司直

和崔會稽詠王兵曹廳前湧泉勢成中

字

茂德來徵應流泉入詠歌含靈符上善作字表

中和有草恒垂露無風欲偃波為看人共水清

白定誰多垂露偃波皆是形容字畫之意

賦得岸花臨水發

笑笑傍溪花叢叢逐岸斜朝開川上日夜發浦

中霞照灼如臨鏡芊茸勝浣沙春來武陵道幾

樹落仙家

薛維翰

怨歌

百尺珠樓臨峽斜新粧能唱美人車皆言賤妾紅顔好要自狂夫不憶家

張良璞 長安尉

覽史

亨年八十巳歷數窮蒼生七虎門源上咆哮關內鳴建都用鶉宿設險因金城舜曲煙火起汾河珠翠明海雲引天仗朔雪留邊兵作孽人怨久其亡鬼信盈素靈感劉季白馬從子嬰昏虐

不務德百代無芳聲

孫欣

奉試冷井詩

仙闈井初鑿靈液沁成泉色湛青苔裏寒凝紫綆邊銅瓶向影落玉甃抱虛圓永願調神鼎堯時泰萬年

王之渙

○涼州詞

品彙一片句在黃河句下

一片孤城萬仞山黃河直上白雲間羌笛何須

怨楊栁春光不度玉門關

單于北望拂雲堆殺馬登壇祭幾回漢家天子

今神武不肎和親歸去來

宴詞

長堤春水緑悠悠畎入漳河一道流莫聽聲聲

催去棹桃花淺處不勝舟

王美門

都中閑居

君王巡海内北闕下明臺雲物鶴一作天中少煙

花歲後來河從御苑出山向國門開寂寞東京
裏空留賈誼才

高適 絳郡長史

和王七度玉門關上吹笛

胡人吹笛戍樓間樓上蕭條海月閑借問落梅
凡幾曲從風一夜滿關山

王灣 洛陽尉

次北固山下作

客路青山外行舟緑水前潮平兩岸闊風正一

帆懸海日生殘夜江春入舊年鄉書何處達歸
鴈洛陽邊

萬楚 進士

題江潮莊壁

田家喜秋熟歲晏林葉稀禾黍積場圃樝梨垂
戶扉野閑犬時吠日暮牛自歸時復落花酒茅
齋堪解衣

茱萸女

山陰柳家女九日採茱萸復得東隣伴雙為陌

上姝插枝著高髻結子致長裾作性常遲緩非
關託丈夫平生折林樾日入返城隅賈客要羅
袖行人挑短書蛾眉自有主年少莫踟蹰

詠簾

玳瑁昔稱華玲瓏薄絳紗鈎銜門勢曲節亂水
紋斜日弄長飛鳥風搖不卷花自當分内外非
是爲驕奢

于季子 侍御史

南行别第

萬里人南去三春鴈北飛不知何歲月得共爾同歸

祖詠 進士

○薊門別業

別業在幽處到來生隱心南山當戶牖澧水在園林竹覆經冬雪庭昏未夕陰寥寥人境外閑坐聽春禽

望薊門

燕臺一望客心驚簫鼓喧喧漢將營萬里寒光

生積雪三邊曙色動危旌沙場烽火侵胡月海
畔雲山擁薊城少小雖非投筆吏論功還欲請
長纓

國秀集下　終

國秀集三卷唐人詩總二百二十篇天寶三
載國子生芮挺章撰樓穎序之其詩之次自
天官侍郎李嶠至進士祖詠凡九十人挺章
二篇穎五篇亦在其間内王灣一篇有海日
生殘夜江春入舊年之句題曰次北固山下

作而殷璠所撰河嶽英靈集作於天寶十一
載歲月稍後然捉章編選非璠之比時名者自
得之此集唐書藝文志洎本朝崇文總目皆
闕而不録殆三館所無浚儀劉景文頃歲得
之鬻古書者元祐戊辰孟秋從景文借本録
之因識于後龍溪曾彥和題大觀戊子冬賀
方回傳於曾氏名欠一士而詩增一篇

六家詩選卷一終

六家詩選卷二

唐丹陽進士殷璠　河嶽英靈集

敘曰夫文有神來氣來情來有雅體野體鄙體俗體編紀者能審鑒諸體委詳所來方可定其優劣論其取捨至如曹劉詩多直語少切對或五字並側或十字俱平而逸駕終存然挈瓶庸受之流責古人不辯宮商徵羽詞句質素耻相師範於是攻異端妄穿鑿理則不足言常有餘都無興象但貴輕艷雖滿篋笥將何用之自蕭

氏以還尤增矯飾武德初微波尚在貞觀末標格漸高景雲中頗通遠調開元十五年後聲律風骨始備矣寔由主上惡華好朴去僞從真使海内詞場翕然尊古南風周雅稱闡今日璠不揆竊嘗好事頗刪略群才贊聖朝之美爰因退跡得遂宿心粤若王維昌齡儲光羲等二十四人皆河獄英靈也此集便以河獄英靈爲號詩二百三十四首分爲上下卷起甲寅終癸巳倫次于叙品藻各冠篇額如名不副實才不合道

縱權壓梁竇終無取焉

集論

論曰昔伶倫造律蓋爲文章之本也是以氣因律而生節假律而明才得律而清焉寧預於詞場不可不知音律焉孔聖删詩非代議所及自漢魏至于晉宋高唱者十有餘人然觀其樂府猶有小失齊梁陳隋下品實繁專事拘忌彌損厥道夫能文者匪謂四聲盡要流美八病咸須避之縱不拈綴未爲深鈌即羅衣何飄飄長裾

隨風還雅調仍在況其他句乎故詞有剛柔調
有高下但令詞與調合首末相稱中間不敗便
是知音而沈生雖怪曹王曾無先覺隱侯言之
更遠璠今所集頗異諸家既閑新聲復曉古體
文質半取風騷兩挾言氣骨則建安爲傳論宮
商則太康不逮將來秀士無致深憾

六家詩選卷二　河嶽英靈集上

唐音詩　唐丹陽進士殷璠集

常建

高才無貴士誠哉是言曩劉楨死於文學左思終於記室鮑昭卒於參軍今常建亦淪於一尉悲夫建詩似初發通莊却尋野徑百里之外方歸大道所以其旨遠其興僻佳句輙來唯論意表至如松際露微月清光猶爲君又山光悅鳥性潭影空人心

此例十數句並可稱警策然一篇盡善者戰餘落日黄軍敗鼓聲死今與山鬼鄰殘兵哭遼水屬思既苦詞亦警絶潘岳雖云能叙悲怨未見如此章

夢太白西峰

夢寐升九崖杳藹逢元君遺我太白岑寥寥辭垢氛結宇在星漢宴林閉氛氳簷楹覆餘翠巾舄生片雲時往清溪閒孤亭晝仍曛松峰引天影石瀨清霞文恬目緩舟趣霽心投鳥羣春風

有摇櫂潭烏花紛紛

弔王將軍墓

嫖姚北伐時深入強千里戰餘落日黄軍敗鼓聲死嘗聞漢飛將可奪單于壘今與山鬼隣殘兵哭遼水

昭君墓

漢宮豈不死異域傷獨歿萬里馳黄金蛾眉爲枯骨迴車夜出塞立馬皆不發共恨丹青人墳上哭明月

江上琴興

江上調玉琴，一絃清一心。泠泠七絃遍，萬木澄幽陰。能使江月白，又令江水深。始知梧桐枝，可以徽黄金。陰一作音

宿王昌齡隱處

清溪深不極，隱處惟孤雲。松際露微月，清光猶為君。茆亭宿花影，藥院滋苔紋。予亦謝時去，西山鸞鶴羣。

送李十一尉臨溪

泠泠花下琴君唱度江吟天際一帆影預懸離
別心以言神仙尉因致瑶華音軫起宮商調越
聲澄碧林

閑齋臥疾行藥至山館稍次湖亭作

旬時結陰林簷外初白日齋沐清病容心寬畏
靈室閑梅照前戶明鏡悲舊質同袍四五人何
不來問疾行藥至石壁東風變萌芽主人門外
緑小隱湖中花時物堪獨往春帆宜別家辭君
向滄海爛熳從天涯

題破山寺後禪院

清晨入古寺初日照高林竹逕通幽處禪房花木深山光悅鳥性潭影空人心萬籟此都寂但餘鐘磬音

鄂渚招王昌齡張僨

刈蘆曠野中沙上飛黃雲天晦無精光茫茫悲遠君楚山隔湘水湖畔落日曛春雁又北飛音書固難聞謫居未為嘆讒枉何由分五日遂蛟龍宜為吊宛文翻覆古共然官宦安足云貧士

任枯槁捕魚清江濆有時荷鋤犁曠野自耕耘
不然春山隱溪澗花氛氳山麻自有場賢達亦
顧群二賢歸去來世上徒紛紛

春詞二首

宛宛黃柳絲濛濛雜花垂日高紅粧卧倚樹春
風遲寧知傍淇水驄馬裊黃金羈
翳翳陌上桑南枝交北堂美人金梯出手自提
竹筐非但畏蠶饑盈盈嬌路傍

古意張公子

日出乘釣舟嫋嫋持釣竿涉淇傍荷花驄馬閑
金鞍使客白雲中腰間懸鹿盧出門事嫖姚為
君西擊胡胡兵漢騎相馳逐轉戰孤軍海西北
百尺旌竿沉壟雲邊笳落日不堪聞

○仙谷遇毛女意知是秦時宫人

溪口水石淺泠泠明欒叢入溪雙峰峻松栝疎（一作[illegible]）
幽風垂嶺枝嫋嫋翳泉花濛濛寅緣霽人目路
盡心彌通盤石横陽崖前臨殊未窮廻潭清雲
影瀰漫長天空水邊一神女千歲為玉童羽毛

經漢代珠翠逃秦宫目覿神已寓鶴飛言未終
祈君青雲秘願謁黄仙翁曾以耕玉田龍鳴西
頃中金梯與天接幾日來相逢

○晦日馬鐙曲稍次中流作

夜寒宿蘆葦曉色明西林初日在江上便澄游
子心晴天無纖翳郊野浮春陰波静隨釣魚舟
小緑水深出浦見千里曠然誚遠尋扣舷應漁
父因唱滄浪吟

李白

白性嗜酒志不拘檢常林栖十數載故其爲文章率皆縱逸至如蜀道難等篇可謂奇之又奇然自騷人以還鮮有此體調也

。戰城南

去年戰桑乾源今年戰葱河道洗兵條支海上波放馬天山雪中草萬里長征戰三軍盡衰老胡人以殺戮爲耕作古來唯見白骨[redacted]沙田秦家築城避胡處漢家還有烽火然烽火然不息長征無已時野戰格鬬死敗馬號鳴向天悲烏

鳶啄人腸銜飛上掛枯桑枝士卒塗草莽將軍空爾爲乃知兵者是凶器聖人不得已而用之

○遠別離

古有皇英之二女乃在洞庭之南瀟湘之浦海水直下萬里深人言不深此離苦日慘慘兮雲冥冥猩猩啼烟兮鬼嘯雨我縱言之將何補皇穹切恐不照予之忠誠雷憑憑兮欲吼怒堯舜當之亦禪禹君失臣兮龍爲魚權歸臣兮鼠變虎堯幽囚舜野死九疑聯綿皆相似重瞳孤墳

竟誰是帝子降兮緑雲間隨風波兮去無還慟
哭兮遠望見蒼梧之深山蒼梧崩湘水絶竹上
之淚那可滅

野田黄雀行

游莫逐炎洲翠栖莫近吳宫燕炎洲逐翠遭網
羅吳宫火起焚爾窠蕭條兩翅蓬蒿下縱有鷹
鸇奈爾何

蜀道難

噫吁嚱危乎高哉蜀道之難難於上青天蠶叢

及魚鳧開國何茫然爾來四萬八千歲不與秦塞通人烟西當太白有鳥道可以橫絶峨眉巔地崩山摧壯士死然後天梯石棧相勾連上有橫河斷海之浮雲下有衝波逆折之廻川黃鶴之飛尚不得過猿猱欲度愁攀緣青泥何盤盤百步九折縈巖巒捫參歷井仰脅息以手拊膺坐長歎問君西遊何當還畏途巉岩不可攀但見悲鳥號枯木雄飛雌從遶林間又聞子規啼夜月愁空山蜀道之難難於上青天使人聽此

彫朱顏連峯去天不盈尺枯松倒挂倚絕壁飛
湍瀑流爭喧豗砯崖轉石萬壑雷其險也若此
嗟爾遠道之人胡為乎來哉劍閣崢嶸而崔嵬
一夫當關萬夫莫開所守或匪親化為狼與豺
朝避猛虎夕避長蛇磨牙吮血殺人如麻錦城
雖云樂不如早還家蜀道之難難於上青天側
身西望長咨嗟

行路難

金罍清酒斗十千玉盤珍羞直萬錢停杯投箸

不能食拔劒四顧心茫然欲度黄河氷塞川將登太行雲暗天閒來垂釣坐溪上忽復乘舟落日邊行路難道安在長風破浪會有時直挂雲帆濟滄海。

夢遊天姥山别東魯諸公

海客談瀛州。烟波微茫信難求。越人語天姥雲霓明滅或可覩天姥連天向天横勢拔五嶽掩赤城天姥四萬八千丈對此絶倒東南傾我欲冥搜夢吳越一夜飛度鏡湖月。湖月照我影。送

我到剡溪謝公宿處今尚在淥水蕩漾青猿啼
脚穿謝公屐明登青雲梯半壁見海日空中聞
天雞千嵓萬轉路不定迷花倚石忽以暝熊咆
龍吟殷岩泉慄深林兮驚層巔楓青青兮欲雨
水澹澹兮生烟列缺霹靂丘巒崩摧洞天石扉
訇然中開青冥濛鴻不見底日月照耀金銀臺
霓為裳兮風為馬雲中君兮紛紛而來下虎鼓
琴兮鸞回車仙之人兮列如麻忽魂悸兮目眩
怳驚起兮長嗟惟覺時之枕席失向來之烟霞

世間行樂皆如此古來萬事東流水別君去兮
何時還且放白鹿青崖間須行即騎向名山何
能摧眉折腰事權貴暫樂酒色彫朱顏一作使我不得
開心顏

憶舊游寄譙郡元參軍

憶昔洛陽董糟丘爲予天津橋南造酒樓黃金
白璧買歌笑一醉累月輕王侯四海賢豪青雲
客與君一遇心莫逆迴山轉海不作難傾情倒
意無所惜我向淮南攀桂枝君留洛北愁夢思

不忍別還相隨相隨迢迢訪仙城三十六曲水
廻縈一溪初入千花明萬壑度盡松風聲銀鞍
金絡到平地漢東太守來相迎紫陽之真人邀
我吹玉笙飡霞樓上動仙樂嘈然宛似鸞鳳鳴
袖長管催欲輕舉漢東太守醉起舞手持錦袍
覆我身我醉橫眠枕其股當筵意氣凌九霄星
離雨散不終朝分飛楚關山水遥余既還山尋
故巢君亦西歸度渭橋君家嚴君勇貔虎作尹
并州遏戎虜五月相呼度太行摧輪不道羊腸

苦行來北凉歲月深感君貴義輕黃金瓊杯綺
食青玉案使我醉飽無歸心時時出向城西曲
晋祠流水如碧玉浮舟弄水簫鼓鳴。微波龍鱗
莎草綠。興來攜妓恣經過其若楊花似雪何紅
粧欲醉宜斜日百尺清潭寫翠娥嬋娟初月輝
美人更唱舞羅衣清風吹歌入空去。歌曲自繞
行雲飛。此時歡樂難再遇西游因獻長楊賦北
闕青雲不可期東山白首還歸去渭橋南頭一
遇君酇臺之北又離羣問余恨別今多少落花

春暮爭紛紛言亦不可盡情亦不可極呼兒長
跽緘此辭寄君千里遥相憶

詠懷

莊周夢胡蝶胡蝶爲莊周一體更變易萬事良
悠悠乃知蓬萊水復作清淺流青門種瓜人昔
日東陵侯富貴茍如此營營何所求

酬東都小吏以斗酒雙魚見贈

會酒琥珀色汶魚紫錦鱗山東豪吏有俊氣手
携此物贈遠人意氣相傾兩相顧斗酒雙魚表

情素雙鰓呷呷鬐鬣張跋刺銀盤欲飛去呼兒
拂几霜刃揮紅肥花落白雪霏為君下筯一飡
罷醉着金鞍上馬歸

荅俗人問

問余何事栖碧山笑而不荅心自閑桃花流水
杳然去別有天地非人間

古意

白酒初熟山中歸黃雞啄黍秋正肥呼童烹雞
酌白酒兒女嬉笑牽人衣高歌取醉欲自慰起

舞落日爭光輝游說萬乘苦不早着鞭跨馬涉
遠道會稽愚婦輕買臣余亦辭家西入秦仰天
大笑出門去我輩豈是蓬蒿人

將進酒

君不見黃河之水天上來奔流到海不復回又
不見高堂明鏡悲白髮朝如青絲暮成雪人生
得意須盡歡莫使金樽空對月天生我才必有
用千金散盡還復來烹羊宰牛且為樂會須一
飲三百杯岑夫子丹丘生與君歌一曲請君為

我傾（一作听）鐘鼎玉帛不足悅（不一作貴）但願長醉不用醒（用一作願）古來聖賢皆寂寞惟有飲者留其名陳王昔日宴平樂斗酒十千恣讙謔主人何為言少錢且須酤酒對君酌五花馬千金裘呼兒將出換美酒與爾同消萬古愁

烏棲曲

姑蘇臺上烏棲時吴王宫裏醉西施吴歌楚舞歡未畢青山猶銜半邊日金壺丁丁漏水多起看秋月墜江波東方漸高奈爾何

王維

維詩詞秀調雅意新理愜在泉為珠着壁成繪一句一字皆出常境至如落日山水好漾舟信歸風又澗芳襲人衣山月映石壁天寒遠山淨日暮長河急日暮沙漠陲戰聲烟塵裏

西施篇

艶色天下重西施寧久微朝仍越溪女暮作吳宮妃賤日豈殊衆貴來方悟稀邀人傅香粉不

自着羅衣君寵益嬌態君憐無是非常時浣紗伴莫得同車歸寄謝隣家女效顰安可希

偶然作

陶潛任天真其性頗嗜酒自從棄官來家貧不能有九月九日時菊花空滿手心中竊自思儻有人送否白衣携觴（一作壺觴）來果不違（一作未違）老叟且喜得斟酌安問升與斗奮衣野田中今日嗟無負兀傲迷東西蓑笠不能守傾倒強行行酣歌歸五柳生事不曾問肯愧家中婦

贈劉藍田

籬間犬迎吠出屋候荊扉歲晏輸井稅山村人
夜歸晚田始家食餘布成我衣詎肯無公事煩
君問是非

入山寄城中故人

中歲頗好道晚家南山陲興來每獨往勝事空
自知行到水窮處坐看雲起時偶然值林叟談
笑無還期

淇上別趙仙舟

相逢方一笑相送還成泣祖席已傷離荒城復
愁入天寒遠山淨日暮長河急解纜君已遥望
君猶佇立

春閨

新粧可憐色落日捲簾帷淑氣清珍簟墻陰上
玉墀春虫飛網戸暮雀隱花枝向晚多愁思閑
窓桃李時

寄崔鄭二山人

翩翩京華子多出金張門幸有先人業早逢明

主恩童年且未學肉食鶩華軒豈知中材士無
人薦至尊鄭生老泉石崔子安丘樊賣藥不二
價著書仍萬言息陰無惡木飲水必清源余賤
不及議斯人竟誰論

息夫人怨

莫以今時寵能忘舊日恩看花滿眼淚不共楚
王言

婕妤怨

宮殿生秋草君王恩幸疎那堪聞鳳吹門外度

金輿

漁山神女瓊智祠二首

迎神

坎坎擊鼓漁山之下吹洞簫望極浦女巫進紛屢舞陳瑶席湛清酤風凄凄而夜雨不知神之來不來使我心苦

送神

紛進拜兮堂前目眷眷兮瓊筵來不語兮意不傳作暮雨兮愁空山悲急管思繁絃神之駕兮

儼欲旋倏雲消兮雨歇。山青青兮水潺湲。

隴頭吟

長安少年遊俠客夜上戍樓看太白。隴頭明月迥臨關。隴上行人夜吹笛。關西老將不勝愁駐馬聽之雙淚流身經大小百餘戰麾下偏裨萬戶侯蘇武纔為典屬國節旄落盡海西頭

少年行

一身能擘兩彫弧虜騎千重只似無偏坐金鞍調白羽紛紛射殺五單于

初出濟州別城中故人

微官易得罪謫去濟川陰執政方持法明君無
此心閭閻河潤上井邑海雲深縱有歸來日多
愁年鬢侵

送綦毋潛落第還鄉

聖代無隱者英靈盡來歸遂令東山客不得顧
採薇既至君門遠孰云吾道非江淮度寒食京
兆縫春衣置酒臨長道同心與我違行當浮桂
棹未幾拂荆扉遠樹帶行客孤村當落暉吾謀

適不用勿謂知音稀

劉脊虚

脊虚詩情幽興遠思苦語奇忽有所得便驚衆聽頃東南高唱者數人然聲律宛態無出其右唯氣骨不逮諸公自永明已還可傑立江表至如松色空照水經聲時有人又滄溟千萬里日夜一孤舟又歸夢如春水悠悠遶故鄉又駐馬渡江處望鄉待歸舟又道由白雲盡春與清溪長時有落

花至遂隨流水香開門向溪路深𥂁讀書
堂幽映每白日清暉照衣裳並方外之言
也惜其不永天碎國寶

○海上詩送薛文學歸海東

日處歸且遠送君東悠悠滄溟千萬里日夜一
孤舟曠望絶國所微茫天際愁有時近仙境不
定若夢遊或見青色古孤山百里秋前心方杳
眇此路勞夷猶離别惜吾道風波敬皇休春浮
花氣遠思逐海水流日暮驪歌後永懷空滄洲

送東林廉上人還廬山

石溪流已亂苔徑入漸微日暮東林下山僧還獨歸常爲鑪峰意况與遠公違道性深寂寞世情多是非會尋名山去豈復無清機

送韓平兼寄郭微

上客夜相過小童能酤酒即為臨水處正值鴈歸後前路望鄉山近家見門郲到時春未暮風景自應有余憶東州人經年别來久慇懃為傳語日夕念携手無問前寄書書中復達否

○寄閻防　防時在終南豐德寺讀書

青暝南山口君與緇錫隣深路入古寺亂花隨暮春紛紛對寂寞往往落衣巾松色空照水經聲時有人晚心復南望山遠情獨親應以修德業亦惟此立身深林度空夜烟月鎖清真莫嘆文明日彌年從隱淪

○暮秋楊子江寄孟浩然

木葉紛紛下東南日烟霜林山相晚暮天海空青蒼暝色空復久秋聲亦何長孤舟無徵月獨

夜仍越鄉寒笛對京口故人在襄陽詠思勞今夕漢江遥相望

○寄江滔求孟六遺文

南望襄陽路思君情轉親偏知漢水廣應與孟家隣在日貪為善昨來聞更貧相如有遺草為一問家人

○潯陽陶氏別業

陶家習先隱種柳長江邊朝夕潯陽縣白衣來幾年霽雲明孤嶺秋水澄寒天物象自清曠野

荷何綿聯蕭蕭，立中賞明宰非徒然願守黍稷

稅歸耕東山田

○　登廬山峰頂寺

孤峰臨萬象秋氣何高清庭際南郡出林端西

江明山門二緇叟振錫聞幽聲心照有無界業

懸前後生徒知貞機静尚與愛網并方首金門

路未遑緣道情

○　尋東溪還湖中作

出山更回首日暮清溪深東嶺新别處數猿叫

空林昔遊初有迹此路還獨尋幽興方在往歸懔復爲今雲峰勞前意湖水成遠心望望已超越坐鳴舟中琴

越中問海客

風雨滄洲暮一帆今始歸自云發南海萬里速如飛初謂落何處水將無所依冥茫漸西見山色越中微誰念去時遠人經此路稀泊舟悲且泣使我亦沾衣浮海焉用説憶鄉難久違縱爲魯連子山路有柴扉

○江南曲

美人何蕩瀁湖上風日長玉手欲有贈徘徊雙明璫歌聲隨緑水怨氣起青陽日暮還家望雲波横洞房

張謂

謂代北州老翁荅及湖中對酒行在物情之外但衆人未曾説耳亦何必歷遐遠探古迹然後始篤冥搜

讀後漢逸人傳二首

子陵没已久讀史思其賢誰謂潁陽人千秋如比肩嘗聞漢皇帝曾是曠周旋名位苟無心對君猶可眠東過富春渚樂此佳山川夜卧松下月朝看江上烟釣時如有待釣罷應忘筌生事在林壑悠悠經暮年于今七里瀨遺迹尚依然高臺竟寂寞流水空潺湲

其二

龐公南郡人家在襄陽里何處徧來往襄陽東陂是誓將業田種終得保妻子何言二千石乃

欲勸吾仕鸛鶴巢茂林黿鼉穴深水萬物從所
欲吾心亦如此不見鹿門山朝朝白雲起采藥
復采樵優游終暮齒

同孫構免官後登薊樓

昔在五陵時年少亦強壯嘗矜有奇骨必是封
侯相東走到營州投身事邊將一朝去鄉國十
載履亭障部曲皆武夫功成不相讓猶希虜塵
動更取林胡帳去年大將軍忽負樂生謗北別
傷士卒南遷死炎瘴濩落悲無成行登薊丘上

長安三千里日夕西南望寒沙榆關没秋水瀟河漲策馬從此辭雲中保閑放

贈喬林

去年上策不見收今年寄食仍淹留羡君有酒能便醉羡君無錢能不憂如今五侯不待客羡君不問五侯宅如今七貴方自尊羡君不過七貴門丈夫會應有知己世上悠悠何足論

。湖中對酒作

夜坐不厭湖上月晝行不厭湖上山眼前一樽

又長滿心中萬事如等閑主人有黎百餘石濁
醪數斗應不惜即今相對不盡歡别後相思復
何益茱萸灣頭歸路賒願君且宿黄翁家風光
若此人不醉參差孤負東園花

題長安主人壁

世上結交須黄金黄金不多交不深縱令然諾
暫相許終是悠悠行路心

王季友

季友詩愛奇務險遠出常情之外然而白

首短褐良可悲夫至如觀于舍人西亭壁畫山水詩野人宿在人家少朝見此山謂山曉半壁仍棲嶺上雲開簾放出湖中鳥甚有新意

雜詩

采山仍采隱在木不在深持斧事遠遊固悲匠者心翳翳青桐枝樵爨日所侵樵聲出巖壑四聽無知音豈爲鼎下薪當復堂上琴鳳鳥久不栖且與枳棘林

代賀枝令礜贈沈千運

相逢問姓名亦存別時無子今有孫山上雙松長不改百家惟有三家村村南村西車馬道一宿通舟水浩浩澗中磊磊十里石河上淤泥種桑麥平坡塚墓皆我親滿田主人是舊客舉聲酸鼻問同年十人七人歸下泉分手如何更此地迴頭不去淚潸然

觀于舍人壁畫山水

野人宿在山家少朝見此山謂山曉半壁仍棲

嶺上雲開簾放出湖中鳥獨坐長松是阿誰再
三招手起來遲于公大笑向予說小弟丹青能
爾爲

滑中贈崔高士瓘

夫子保藥命外身得無咎日月不能老化腸爲
筋不十年前見君甲子過我壽于何今相逢華
髮在我後近而知其遠少見今白首遥信逢萊
宫不死世世有玄石采盈襜神方秘其肘問家
惟指雲愛氣常言酒攝生固如此履道當不朽

未能太玄同竆亦天地久實腹以芝朮賤體仍
芻狗自勉將勉余良藥在苦口

山中贈十四秘書山兄

出山秘芸署山色已再春食我山中藥不憶山
中人山中誰余容白髮日相親雀鼠晝夜無知
我厨廩貧有情盡指棄土石為周身依依舍北
松不厭吾南隣夫子質千尋天澤枝葉新今以
不材壽非智免斧斤

酬李十六岐

鍊丹文武火未成賣藥販履俱逃名出谷迷行
洛陽道乘流醉臥滑臺城城下故人久離怨一
歡適我兩家願朝飲杖懸沽酒錢暮飡囊有松
花飯子何車馬日憧憧李膺門館爭登龍千賓
揖對若流水五經發難如扣鐘下筆新詩行滿
壁立談古人坐在席問我草堂有臥雲知我山
儲無儋石自耕自刈食為天如鹿如麋飲野泉
亦知世上公卿貴且養丘中草木年

陶翰

歷代詞人詩筆雙美者鮮矣今陶生實謂兼之既多興象復備風骨三百年以前方可論其體裁也

○古塞下曲

進軍飛狐北窮寇勢將變日落塵沙昏背河更一戰騂馬黃金勒雕弓白羽箭射殺左賢王歸奏未央殿欲言塞下事天子不召見東出咸陽門哀哀淚如霰

燕歌行

請君留楚調聽我吟燕歌家在遼水頭邊風意
氣多出身為漢將正值戎未和雪中凌天山冰
上度交河大小百餘戰封侯竟蹉跎歸來灞陵
下故舊無相過雄劍委塵匣空門惟雀羅玉簪
還趙妹瑶琴付齊娥昔日不為樂時哉今奈何

贈鄭員外

驄馬拂繡裳按兵遼水陽西分鴈門騎北逐樓
煩王聞道五軍集相邀百戰場風沙暗天起虜
陣森已行儒服揖諸將雄謀吞八荒金門來見

謁朱紱生輝光數載侍御史稍遷尚書郎人生
志氣立所貴功業昌何必守章句終年事蒼黃
同時獻賦客尚在東陵傍

望太華贈盧司食

作吏到西華乃觀三峰壯削成元氣中傑出天
河上如有飛動色不知青冥狀巨靈安在哉厥
迹猶可望方此顧行旅未由飭仙裝葱朧記星
壇明滅數雲障良友垂真契宿心所微尚敢投
歸山吟霞徑一相訪

晚出伊闕寄河南裴丞

退無宴息資進無當代策冉冉時將暮坐為周南客前登闕塞門永眺伊城陌長川黯已暮千里寒氣白家本渭水西異日何所適秉志師禽尚微言祖莊易一辭林壑間共繫風塵役才名忽先進天邑多紛劇豈念嘉遁時依依偶沮溺

贈房侍御時房公在新安

志人固不羈與道常周旋進則天下仰已之能晏然褐衣東府召執簡南臺先雄義每特立犯

顔豈圖全謫居東南遠逸氣吟芳峯適會寥廓
趣清波更寅緣扁舟入五湖發纜洞庭前浩蕩
臨海曲迢遥濟江壖徵奇忽忘返遇興將彌年
乃悟范生智足明漁父賢郡臨新安渚佳氣此
城偏日夕對層岫雲霞映晴川閑居戀秋色偃
臥含貞堅倚伏自相化行藏亦推遷君其振羽
翮歲晏將冲天

經敍子谷

扶蘇秦帝子舉代稱其賢百萬猶在握可爭天

下權束身就一劒壯志皆棄捐塞下有遺迹千齡人共傳疎蕪盡荒草寂歷空寒烟到此盡垂淚非我獨潸然

乘潮至漁浦作

檥棹早乘潮潮來如風雨樟臺忽已隱界峰莫及覩崩騰心為失浩蕩目無主瓈儘浪始聞漾漾入漁浦雲景共澄霽江山相吞吐偉哉造化靈此事從終古流沫誠足誠高歌調易苦頗因忠信全容心猶栩栩

○宿天竺寺

松柏亂嵓口山西微徑通天開一峰見宮闕生
虛空正殿倚霞壁千樓標石叢夜来猿鳥静鍾
梵寒雲中岑翠映湖月泉聲亂溪風心超諸境
外了與懸解同明發氣候改起視長崕東湖色
濃蕩漾海光漸朣朦葛仙迹尚在許氏道猶崇
獨往古来事幽懷期二公

早過臨淮

夜来三渚風晨過臨淮島潮中海氣白城上楚

雲旱鱗鱗魚滿帆湃湃蘆洲草川路白浩蕩愁
馬心如擣且言任倚伏何暇念枯槁范子名屢
移蘧公志常保古人去已久此理今難道

出蕭關懷古

驅馬擊長劒行役至蕭關悠悠五原上永眺關
河前北虜三十萬此中常控弦秦城亘宇宙漢
帝理旄旗刁斗鳴不息羽書日夜傳五軍計莫
就三策議空全大漠横萬里蕭條絶人烟孤城
當瀚海落日照祈連愴然苦寒奏懷哉式微篇

更悲秦樓月夜夜出胡天

李頎

頎詩發調既清脩辭亦繡雜歌咸善玄理
最長至如送暨道士云大道本無我青春
長與君又聽彈胡笳聲云幽音變調忽飄
洒長風吹林雨墮瓦迸泉颯颯飛木末野
鹿呦呦走堂下足可歔欷震蕩心神惜其
偉才只到黃綬故論其數家往往高於衆
作

謁張果老先生

先生谷神者甲子焉能計自説軒轅師于今數千歲寓遊城郭裏浪迹希夷際應物雲無心逢時舟不繫霞飡斷火粒野服兼荷製白雪淨肌膚青松養身世韜精殊豹隱鍊質同蟬蜕忽去不知誰偶來寧有契二儀齊壽考六合隨休憩彭聃猶嬰孩松期且微細嘗聞穆天子更憶漢皇帝親屈萬乘尊將窮四海裔車徒變草木錦帛招談説八駿空往來三山轉虧蔽吾君感至

德玄老欣来詣受籙金殿開清齋玉堂閉笙歌迎拜首羽帳崇嚴衛禁柳垂香爐宮花拂仙袂祈年寶祐廣致福蒼生惠何必待龍髯鼎成方取濟

○

送曁道士還玉清觀

仙宮有名籍度世吳江濆大道本無我青春長與君中洲俄已到至理得而聞明主降黃屋時人看白雲空山何窈窕三秀日氛氳此道留書客超遥烟駕分

東郊寄萬楚

濩落久無用隱身甘採薇仍聞薄宦者還事田
家衣潁水日夜流故人相見稀春山不可望黄
鳥東南飛濯足豈長往一樽聊可依了然潭上
月適我胷中機在昔同門友如今出處非優游
白虎殿偃息青瑣闈且有薦君表當看携手歸
寄書不代面蘭茝空芳菲

登首陽山謁夷齊廟

古人已不見喬木竟誰過寂寞首陽山白雲空

復多蒼苔歸地骨皓首採薇歌畢命無怨色成
仁其若何我来入遺廟時候微清和落日吊山
鬼迴風吹女蘿石崖向西谿引領望黃河千里
一飛鳥孤光東逝波驅車層城路惆悵此嵓阿

題綦毋潛校書田居

常稱挂冠吏昨日歸滄洲行客暮帆遠主人庭
樹秋豈伊問天命但欲爲山遊萬物我何有白
雲空自幽蕭條江海上日夕見丹丘生事本魚（一作漁）
鳥賞心隨去留惜哉曠微月欲濟無輕舟倏忽

今人老相思河水流

漁父歌

白頭何老人蓑笠蔽其身避世常不仕釣魚清江濵浦沙明濯足山月静垂綸寓宿湍與瀨行歌秋復春持橈湘岍竹爇火蘆洲薪緑水飯香稻青荷包紫鱗於中還自樂所欲全吾真而笑獨醒者臨流多苦辛

古意

男兒事長征少小幽燕客賭勝馬蹄下由来輕

七尺殺人莫敢前鬚如蝟毛磔黄雲白雪蘢底
飛未得報恩不得歸遼東小婦年十五慣彈琵
琶解歌舞今為羌笛出塞聲使我三軍淚如雨

送康洽入京進樂府詩

識子十年何不遇只愛歡遊兩京路朝吟左氏
嬌女篇夜誦相如美人賦長安春物舊相宜小
苑蒲萄花滿枝柳色偏濃九華殿鶯聲醉殺五
陵兒曳裾此夜從何所中貴由来盡相許白袂
春衫仙吏贈烏皮隱几臺郎與新詩樂府唱堪

愁御妓應傳鳷鵲樓西上雖因長公主終須一

見曲陵侯

送陳章甫

四月南風大麥黄棗花未落桐陰長青山朝别

暮還見嘶馬出門思舊鄉陳侯立身何坦蕩虬

鬚虎眉仍大顙腹中著書一萬卷不肯低頭在

草莽東門酤酒飲我曹心輕萬事如鴻毛醉卧

不知白日暮有時空望孤雲高長河浪頭連天

黒津吏停舟渡不得鄭國遊人未及家洛陽行

子空歎息聞道故林相識多罷官昨日今如何

聽董大彈胡笳聲兼語弄寄房給事

蔡女昔造胡笳聲一彈一十有八拍胡人落淚向邊草漢使斷腸對歸客古戍蒼蒼烽火寒大荒陰沉飛雪白先拂商絃後角羽四郊秋葉驚槭槭董夫子通神明深山竊聽來妖精言遲更速皆應手將往復旋如有情空山百鳥散還合萬里浮雲陰且晴嘶酸鶵鴈失羣夜斷絶胡兒戀母聲川為靜其波鳥亦罷其鳴烏珠部落家

卿遠邏逶沙塵哀怨生幽陰變調忽飄灑長風
吹林帀墮花逆泉颯颯飛木末野鹿呦呦走堂
下。長安城連東掖垣鳳凰池對青瑣門才高脫
略名與利日夕望君抱琴至

緩歌行

小來脫身攀貴遊傾財破產無所憂暮擬經過
石渠署朝將出入銅龍樓結交杜陵輕薄子謂
言可生復可死。一沉一浮會有時。棄我翻然如
脫屣。男兒立身須自強十年閉戶潁水陽業就

功成見明主擊鍾鼎食坐華堂二八蛾眉梳墮
馬美酒清歌曲堂下文昌宮中賜錦衣長安陌
上退朝歸五侯賓從莫敢視三省官僚揖者稀
早知今日讀書是悔作從前狂俠兒

鮫人歌

鮫人潛織水底居側身上下隨龍魚輕綃文采
不可識夜夜澄波連月色有時寄宿来城市海
島青溟無極已泣珠報恩君莫辭今年相見明
年期始知萬族無不有百尺深泉架户牖鳥没

空山誰復望一望雲濤堪白首

送盧逸人

洛陽為此別携手更何時不復人間見秪應海上期青溪入雲木白首卧茅茨共惜盧敖去天邊望所思

野老曝背

百歳老翁不種田唯知曝背樂殘年有時捫虱獨搔首目送歸鴻籬下眠

高適

評事性拓落不拘小節耻預常科隱迹博
徒才名自遠然適詩多胷臆語兼有氣骨
故朝野通賞其文至如燕歌行等篇甚有
奇句且余所最深愛者未知肝膽向誰是
令人却憶平原君

哭單父梁九少府

開篋淚沾臆見君前日書夜臺今寂寞猶是子
雲居疇昔貪靈奇登臨賦山水同舟南楚下望
月西江裏契闊多別離綢繆到生死九泉知何

在萬事皆如此晉山徒嵯峨斯人已冥冥常時
禄且薄没後家復貧妻子在遠道兄弟無一人
十上多苦辛一官恒自哂青雲將何致白日忽
西盡唯獨身後名空留無遠近

宋中遇陳兼

常參鮑叔義所期王佐才如何守苦節獨自無
良媒離别十年内飄飖千里來安知罷官後唯
見柴門開窮巷隱東郭高堂詠南陔籬根長花
草井口生莓苔伊昔望霄漢于今倦蒿萊男兒

須達命且醉手中杯

宋中

梁苑白日暮梁園秋草時君王不可見修竹令人悲九月桑葉落寒風鳴樹枝

九日酬顔少府

簷前白日應可惜籬下黄花為誰有客子迎霜未授衣主人得錢肯沽酒蘇秦憔悴時多獃蔡澤棲遲世看醜縱使登高只斷腸不如獨自空搔首

見薛大臂鷹作
寒楚十二月蒼鷹八九毛寄言燕雀莫相啅自
有雲霄萬里高

詶岑主簿秋夜見贈
舍下蛩亂鳴居然自蕭索緬懷高秋興忽枉清
夜作感物我心勞涼風生二毛池枯菡萏死月
上梧桐高如何異州縣復得交才彥汩没嗟後
時蹉跎耻相見南山別來久魏闕誰不戀獨有
江海心悠悠未嘗倦

送韋參軍

二十解書劒西遊長安城舉頭望君門屈指數公卿國風冲融邁三五朝廷歡樂彌寰宇白璧皆言賜近臣布衣不得干明主歸来洛陽無負郭東過梁宋非吾土兔苑爲農歲不登鴈池垂釣心常苦世人遇我同衆人唯君於我情相親且喜百年有交態未曾一日辭家貧彈琴擊筑白日晚縱酒高歌楊柳春歡娛未盡分散去使我惆悵驚心神丈夫當不作兒女别臨岐涕淚沾

衣巾

封丘作

我本漁樵孟諸野一生自是悠悠者乍可狂歌草澤中寧堪作吏風塵下只言小邑無所為公門百事皆有期拜迎長官心欲碎鞭撻黎庶令人悲悲来向家問妻子舉家盡笑今如此生事應須南畝田世情分付東流水夢想舊山安在哉為銜君命日遲廻早知悔守福徒為爾轉憶陶潛歸去来

邯鄲少年行

邯鄲城南游俠子自矜生長邯鄲裏千場縱博家仍富數處報讐身不死宅中歌笑日紛紛門外車馬乇如雲未知肝膽向誰是令人却憶平原君君不見即今交態薄黄金用盡還疎索以兹感嘆辭舊遊更於時事無所求且與少年飲美酒往來射獵西山頭

燕歌行

開元十六年客有從御史張公出塞

而還者作燕歌行以示適感征戍之事因而和焉

漢家烟塵在東北漢將辭家破殘賊男兒本自重橫行天子非常借顏色摐金伐鼓下榆關旌旆逶迤碣石間校尉羽書飛瀚海單于獵火照狼山山川蕭條極邊土胡騎憑陵雜風雨戰士軍前半死生美人帳下猶歌舞大漠窮秋塞草腓孤城落日闘兵稀身當恩遇常輕敵力盡關山未解圍鐵衣遠戍辛勤久玉筯應啼別離後

少婦城南欲斷腸征人薊北空回首邊庭飄飄
那可度絶域蒼黃何所有殺氣三時作陣雲寒
聲一夜傳刀斗相看白刃血紛紛死節從來豈
顧勛君不見沙場征戰苦至今猶憶李將軍一作邊風

行路難

君不見富家翁舊時貧賤誰比數一朝金多結
豪貴百事勝人健如虎子孫生長滿眼前妻能
莞絃妾能舞自矜一朝忽如此却笑傷人獨愁
苦東隣少年安所如席門窮巷出無車有才不

肯學干謁何用年年空讀書

塞上聞笛

胡人羌笛戍樓間樓上蕭條明月閑借問梅花何處落風吹一夜滿關山

營州歌

營州少年猒原野狐裘蒙茸獵城下虜酒千杯不醉人胡兒十歲能騎馬

六家詩選卷二　河嶽英靈集上　終

六家詩選卷二　　河嶽英靈集中

唐丹陽進士殷璠集

岑參

參詩語奇體峻意亦造奇至如常風吹白茅野火燒枯桑可謂逸才又山風吹空林颯颯如有人宜稱幽致也

終南雙峯草堂作

斂跡歸山田息心謝時輩晝還草堂臥但與雙峯對興來恣佳遊事愜符勝槩著書高窓下口

夕見城內曩爲世人誤遂負平生愛久與林壑
辭及來杉松大偶茲近精廬數預名僧會有時
逐漁樵永日不冠帶崕口上新月石門破蒼靄
色向羣木深光搖一潭碎緬懷鄭生谷頗憶嚴
子瀨勝事獨可追斯人邈千載

終南雲際精舍尋法澄上人不遇歸高
冠東潭石淙秦嶺微雨作貽友人

昨夜雲際宿適從西嶺迴不見林中僧微雨潭
上來諸峰皆晴翠秦嶺獨不開石鼓有時鳴秦

王安在哉水滚斷山口吼沫相喧𩅰噴壁四時雨傍村終日雷𠀤瞻長安道日夕坐塵埃若訪張仲蔚衡門應蒿萊一本秦王句下有東南雲開處突兀獼猴臺崖口懸瀑流半空白𥇦𥇦無水深二句

戲題關門

來亦一布衣去亦一布衣羞見關城吏還從舊路歸

觀釣翁

扁舟滄浪叟心與滄浪清不自道鄉里無人知姓名朝從灘上飯暮向蘆中宿歌竟還復歌手

持一竿竹竿頭釣絲長丈餘鼓枻乘流無定居
世人那得解深意此翁取適非取魚

戎葵花歌

昨日一花開今日一花開今日花正好昨日花
已老始知人老不如花可惜落花君莫掃人生
不得長少年莫惜牀頭沽酒錢有錢向酒家君
不見戎[一作蜀]葵花

○

偃師東與韓樽同訪景雲暉上人即事

山陰老僧解楞伽潁陽歸客遠相過烟深草濕

昨夜雨雨後秋風度漕河空山終日塵事少平郊遠見行人小尚書磧上黄昏鐘别鴛渡頭一歸鳥

春夢

洞房昨夜春風起遥憶美人湘江水枕上片時春夢中行盡江南數千里

崔顥

顥年少爲詩名陷輕薄晚節忽變常體風骨凛然一窺塞垣説盡戎旅至如殺人遼

水上走馬漁陽歸錯落金鎖甲蒙茸貂鼠
衣又春風吹淺草獵騎何翩翩揷羽兩相
顧鳴弓上新絃可與鮑昭並駈也

贈王威古

三十羽林將出身常事邊春風吹淺草獵騎何
翩翩揷羽兩相顧鳴弓上新絃射麋入深谷飲
馬投荒泉馬上共傾酒野中聊割鮮相看未及
飲雜虜寇幽燕烽火去不息胡山高際天長駈
救東北戰解城亦全報國行赴難古来皆共然

古遊俠呈軍中諸將

少年負膽氣好勇復知機杖劒出門去孤城逢合圍殺人遼水上走馬漁陽歸錯落金鎖甲蒙茸貂鼠衣還家且行獵弓馬速如飛地迥鷹犬疾草深狐兔肥腰間帶兩綬轉盼生光輝顧謂今日戰何如隨建威

送單于裴都護

征馬去翩翩秋城月正圓單于莫近塞都護欲回邊漢驛通烟火胡沙乏水泉功成須獻捷未

必去經年

江南曲

君家定何處妾住在橫塘停船暫借問或可是同鄉

贈懷一上人

法師東南秀世實豪家子削髮十二年誦經峨眉裏自此照羣蒙卓然為道雄觀生盡歸妄悟有皆成空洗意無衆染苦心歸妙宗一朝勑書至召入承明宫說法金殿裏焚香清禁中傳燈

遍都邑杖錫遊王公天子揖妙道群僚趨下風
我本法無着時來出林壑因心得化域隨病皆
與藥上啓黄屋心下除蒼生縛一從入君門説
法無朝昏帝作轉輪王師爲持戒尊軒風洒甘
露佛雨生慈根但有滅度理而無開濟恩復聞
江海曲好殺成風俗帝曰我上人爲除羶腥欲
是日發西秦東南至蘄春風將衡桂接地與吳
楚鄰舊少清信士實多漁獵人一聞吾師至捨
網江湖濱作禮懺前惡潔誠期後因因成日既

久事濟身不守更出淮楚間復来荆河口荆河
馬鄉岑兹地近道林入講烏常狎坐禪獸不侵
都非緣未盡曾是教所任故我一来事永承微
妙音竹房見衣鉢松宇清身心早悔業志淺晚
成計可尋善哉達公義清淨如黄金

定襄陽郡獄

我在河東時使往定襄里定襄諸小兒争訟紛
城市長老莫敢言太守不能理謗書盈几案文
墨相塡委牽引肆中翁追呼田家子我来折此

獄師聽辨疑似小大必以情未甞施鞭箠是時
三月暮遍野農桑起里巷鳴春鳩田園引流水
此鄉多雜俗戎夏殊音旨顧問邊塞人勞情曷
云已

遼西

燕郊芳歲晚殘雪凍邊城四月青草合遼陽春
水生胡人正牧馬漢將日徵兵露重寶刀濕沙
虛金甲鳴寒衣着已盡春服誰爲成寄語洛陽
使爲傳邊塞情

孟門行

黄雀銜黄花翩翩傷簷隙本擬報君恩如何返彈射金罍美酒滿坐春平原愛才多衆賓滿堂盡是忠義士何意得有讒諛人諛言翻覆那可道能令君心不自得北園新栽桃李枝根株未固何轉移成陰結子君自取若問傷人那得知

一作借問

霍將軍篇

長安甲第高入雲誰家居住霍將軍日晚朝廻

擁賓從路傍揖拜何紛紛莫言炙手手可熱須臾火盡灰亦滅莫言貧賤即可欺人生富貴自有時一朝天子賜顔色世上悠悠應自知

鴈門胡人歌

高山代郡接東燕鴈門胡人家近邊解放胡鷹逐塞鳥能將代馬獵秋田山頭野火閑多燒雨裏孤峰濕作烟聞道遼西無鬭戰時時醉向酒家眠

黄鶴樓

昔人已乘白雲去此地空餘黃鶴樓黃鶴一去不復返白雲千載空悠悠晴川歷歷漢陽樹春草萋萋鸚鵡洲日暮鄉關何處在烟波江上使人愁

薛據

據為人骨鯁有氣魄其文亦爾自傷不早達因著古興詩云投珠恐見疑抱玉但垂泣道在君不舉功成嘆何及怨憤頗深至如寒風吹長林白日原上沒又孟冬時短

晷日盡西南天可謂曠代之佳句

古興

日中望仙闕軒盖揚飛塵鳴珮初罷朝自言皆近臣光華滿道路意氣安可親歸来宴高堂廣筵羅八珍僕妾盡綺紈歌舞夜達晨四時固相代誰能分要津已看覆前車未見易後輪丈夫須兼濟豈能樂一身君今皆得志肯顧憔悴人

初去郡齋書情

蕭徒辭汝潁懷古獨悽然尚想文王化猶思巢

父賢時移多詭巧大道竟誰傳況見疾風起悠
悠旌旆懸征鴻無返翼歸流不停川已經霜雪
下仍驗松柏堅迴首望城邑迢迢間雲烟志士
不傷物小人皆自妍感時惟責已在道非怨天
從此適樂土東歸得幾年

落第後口號

十五能文西入秦三十無家作路人時命不將
明主合布衣空惹洛陽塵

題丹陽陶司馬廳

高鑒清洞徹儒風入進難詔書增寵命才子益
能官門帶山光晚城臨江水寒唯余好文客時
得詠幽蘭

冬夜寓居寄儲太祝

自爲洛陽客夫子吾知音愛義能下士時人無
此心奈何離居夜巢鳥飛空林愁坐至月上復
聞南鄰砧

懷哉行

明時無廢人廣厦無棄材良工不我顧有用寧

自媒懷策望君門，歲晏空遲迴。秦城多車馬，日夕飛塵埃。伐鼓千門啓，鳴珂雙闕來。我聞雷雨施，天澤罔不該。何意斯人徒，棄之如死灰。主好臣必効，時禁權必開。俗流實驕矜，得志輕草萊。文王賴多士，漢帝資群材。一言並拜將，片善咸居台。夫君何不遇，爲泣黃金臺。

泊震澤口

日落草木陰，舟徒泊江汜。蒼茫萬象開，合沓聞風水。洄沿值漁翁，嗷嘯逢樵子。雲開天宇靜，月

明照萬里早鴈湖上飛晨鐘海邊起獨坐嗟遠
遊登峤望孤洲零落星欲盡朣朦氣漸收行藏
空自秉智識仍未周伍胥旣伏劍范蠡亦乘流
歌竟鼓楫去三江多客愁

西陵口觀海

長江漫湯湯近海勢彌廣在昔坯混凝融爲百
川泱地形失端倪天色混洸瀁東南際萬里極
目遠無象山影乍浮沉朝波忽来往孤帆或不
見棹歌猶嚮像日暮長風起客心空振蕩浦口

霞未收潭心月初上林嶼幾邅迴亭臯時偃仰

歲晏訪蓬瀛眞遊非外奬

登秦望山

南登秦望山目極大海空朝陽半蕩漾晃朗天水紅溪壑爭噴薄江湖遰交通而多漁商客不悟歲月窮振緡迎早潮弭棹候遠風予本萍泛者乘流任西東茫茫天際帆栖泊何時同將尋會稽迹從此訪任公

出青門往南山下別業

舊居在南山夙駕自城闕榛莽相蔽虧去爾漸
超忽散漫餘雪晴蒼茫季冬月寒風吹長林白
日原上没懷抱曠莫伸相知阻胡越弱年好棲
隱錬藥在嵓窟及此離垢氛興來亦因物末路
期赤松斯言庶不伐

綦毋潜

潜詩屹崒峭蒨足佳句善寫方外之情至
如松覆山殿冷不可多得又塔影挂清漢
鐘聲和白雲歷代未有荆南分野數百年

来獨秀斯人

春泛若耶

幽意無斷絶此去隨所偶晚風吹行舟花路入
溪口際夜轉西壑隔山望南斗潭烟飛溶溶林
風低向後生事且瀰漫願為持竿叟

題招隱寺絢公房

開士度人久空山花霧深徒知燕坐處不見有
為心蘭若門對壑田家路隔林還言澄法性歸
去比黃金

題鶴林寺

道門隱形勝向背臨層霄松覆山殿冷花藏溪路遥珊珊寶幡挂熖熖明燈燒遲日半空谷春風連上潮少憑水木興躉添身心調願謝携手客兹山禪誦饒

題靈隱寺山頂院

招提此山頂下界不相聞塔影挂清漢鐘聲和白雲觀空静室掩行道衆香焚且駐西来駕人天日未曛

送儲十二還莊城

西坂何繚繞青林問子家天寒噪野雀日晚度城鴉寂歷道傍樹曈曨原上霞茲情不可說長恨隱淪賒

耶溪逢孔九

相逢此溪曲勝託在烟霞潭影竹裏動嵓陰簷際斜人言上皇代犬吠武陵家借問淹留日春風滿若耶

孟浩然

余嘗謂禰衡不遇趙壹無禄其過在人也
及觀襄陽孟浩然罄折謙退才名日高天
下籍甚竟淪落明代終於布衣悲夫浩然
詩文彩芊茸經緯綿密半導雅調全削凡
體至如衆山遥對酒孤嶼共題詩無論興
象兼復故實又氣蒸雲夢澤波動岳陽城
亦爲高唱

過景空寺故融公蘭若

池上青蓮宇林間白馬泉故人成異物過憩獨

潸然旣禮新墳塔還尋舊石筵平生竹如意猶
挂草堂前

過上人蘭若

山頭禪室挂僧衣窻外無人越鳥飛黃昏半在
下山路却聽松聲聯翠微

裴司戶員司士見尋

府僚能枉駕家醞復新開落日池上酌清風松
下來廚人具雞黍稚子摘楊梅誰道山翁醉猶
能騎馬回

九日懷襄陽

去國似如昨，倏焉經杪秋。峴山望不見，風景令人愁。誰採籬下菊，應閑池上樓。宜城多美酒，歸與葛强遊。

歸故園作

北闕休上書，南山歸敝廬。不才明主弃，多病故人疎。白髮催年老，青陽逼歲除。永懷愁不寐，松月夜牕虛。

夜歸鹿門歌

山寺鳴鐘晝已昏魚梁渡頭爭渡喧人隨沙路
向江村予亦乘舟歸鹿門鹿門月照烟中樹忽
到龐公棲隱處嵓扉松徑長寂寥唯有幽人夜
來去

崔國輔

國輔詩婉孌清楚深宜諷味樂府數章古
人不及也

雜詩

逢着平樂兒論交鞍馬前興酣一斗酒恰用十

千錢後余在關内作事多迍邅何肯相救援徒

聞寶劍篇

○石頭瀨作

悵矣秋風時余臨石頭瀨日高見超遠望盡北

州内羽山數點青海岍雜光碎離離樹木少漭

漭波潮大日暮千里帆南飛落天外滇叟遂入

夜楚色有微靄尋遠迹已窮遺榮事多昧一身

猶未理安得濟時代且泛朝夕潮荷衣蕙爲帶

○魏宫詞

朝日點紅粧擬上銅雀臺畫眉猶未竟魏帝使人催

○怨詞

妾有羅衣裳秦王在時作為舞春風多秋來不堪着

○少年行

遺却珊瑚鞭白馬驕不行章臺折楊柳春日路傍情

長信草

長信宫中草年年愁處生時侵珠履跡不使玉
堦行

香風詞

洛陽梨花落如霰河陽桃葉生復齊坐怨玉樓
春欲盡紅綿粉絮裛粧啼

對酒吟

行行日將夕荒村古塚無人迹朦朧荆棘一鳥
吟屢勸提壺酤酒喫古人不達酒不足遺恨精
靈傳此曲寄言世上諸少年平生且盡杯中綠

漂母岍

泗水入淮處南邊古岍存秦時有漂母於此見王孫王孫初未遇寄食何多論後爲淮陰侯誓欲荅母恩事迹貴在此空傷千載魂茫茫水中渚上有一孤墩遥望不可到蒼蒼霧樹昏幾年崩塚色暮日落波痕古地多陻阨時哉不可言向夕淚沾裳只宿蘆洲村

○湖南曲

湖南送君去湖北送君歸湖裏鴛鴦鳥雙雙他

自飛

秦中感興寄遠上人

一丘常欲臥三徑苦無資北土非吾願東林懷我師黃金燃桂盡壯志逐年衰日夕涼風至聞蟬但益悲

夜度湘江

客行貪利涉夜裏渡湘川露氣聞芳杜歌聲識採蓮榜人投岸火漁子宿潭烟行侶遙（一作時）相問涔（一作潯）陽何處邊

渡淅江問舟中人

潮落江平未有風扁舟共濟與君同時時引領

望天末何處青山是越中

儲光羲

儲公詩格高調逸趣遠情深刪盡常言挾

風雅之迹浩然之氣述華清宫詩云山開

鴻濛色天轉招摇星又遊茅山詩云小門

入松柏天路涵虚空此例數百句已略見

荆揚集不復廣引璠嘗覩公正論十五卷

九經外義疏二十卷言愽理當實可謂經

國之大才

雜詩二章

秋氣肅天地太行高崔嵬猿狖清夜吟其聲一

何哀寂寞掩圭蓽夢寐遊蓬萊琪樹遠亭亭玉

堂雲中開洪崖吹簫管素女飄飄來雨師既洗

後道路無纖埃郤哉楚襄王獨如雲陽臺

其二

渾沌本無象末路多是非達士志寥廓所在能

忘機耕鑿時未至還山聊採薇虎豹對我蹲鸑鷟

鸑傷我飛仙人空中來謂我勿復歸格擇爲君

駕雲霓爲君衣西近崑崙墟可與世人違

效古二章

晨登凉風臺暮走邯鄲道曜靈何赫烈四野無

青草大軍北集燕天子西居鎬婦人役州縣丁

男事征討老幼相別離泣哭無昏早稼穡既殄

絶川澤復枯槁曠哉遠此憂冥冥商山皓

其二

東風吹大河河水如倒流河洲塵沙起有若黄
雲浮頳霞燒廣澤洪曜赫高丘野老泣相逢無
地可蔭休翰林有客卿獨負蒼生憂中夜起躑
躅思欲獻厥謀君門峻且深蹶足空夷猶

猛虎詞

寒亦不憂雪飢亦不食人人肉豈不甘所惡傷
明神太室爲我宅孟門爲我鄰百獸爲我膳五
龍爲我宥蒙馬一何威浮江亦以仁綵章耀朝
日牙爪雄武臣高雲逐氣浮厚地隨聲震君能

賈餘勇日夕長相親○

射雉詞

曝暄理新翳迎春射鳴雉原田遥一色臯陸曠千里遠聞咿喔聲時見雙飛起冪䍥蒿下毺深叢裏顧敵仍忘生爭雄方决死仁心貴勇義豈復能傷此超遥下故墟迢遰回高畤丈夫昔何苦取笑歡妻子

採蓮詞

淺渚荇花繁深塘菱葉疎獨往方自得耻邀淇

上姝廣江無衔阡大澤絶方隅浪中海童語林下鮫人居春鴈時隱舟新萍復滿湖采采乗日暮不思賢與愚

牧童詞

不言牧田遠不道牧陂深所念牛馴擾不亂牧童心圓笠覆我首長蓑披我襟方將憂暑雨亦以懼寒陰大牛隱層坂小牛穿近林同類相鼓舞觸物成謳吟取樂須臾間寧問聲與音

田家事

蒲葉日已長杏花日已滋老農要看此貴不違
天時迎晨起飯牛雙駕耕東菑蚯蚓土中出田
烏隨我飛羣合亂啄噪嗷嗷如道飢我心多惻
隱顧此兩傷悲撥食與田烏日暮空筐歸親戚
更相笑我心終不移

○寄孫山人

新林二月孤舟還水滿清江花滿山借問故園
隱君子時時來去在人間

訓綦毋校書夢遊耶溪見贈之作

校文在仙掖每有滄洲心况以北窓下夢遊清溪陰春看湖口漫夜入廻塘深往往纜垂葛出舟望前林山人松下飯釣客蘆中吟小隱何足貴勝遊在幽尋歷兹山水間泠然若鳴琴中章謝來意愧莫訓知音一本小隱句下長年固可尋退卑首東道惠言君南金以我采薇意傳衣天從各

使過彈箏峽作

鳥雀知天雪羣飛復羣鳴原田無遺粟日暮滿空城達士憂世務鄙夫念王程晨過彈箏峽馬足凌兢行雙壁隱靈曜莫能知晦明皚皚堅氷

白漫漫陰雲平始信古人言苦節不可貞

王昌齡

昌齡以還四百年内曹劉陸謝風骨頓盡

項有太原王昌齡魯國儲光羲頗從厥遊

且兩賢氣同體別而王稍聲峻至如明堂

坐天子月朔朝諸侯清樂動千門皇風被

九州慶雲從東來泱漭抱日流又雲起太

華山雲山相明滅東峰始含景了了見松

雪又攙栴無冬春柯葉連峰稠陰壁下蒼

黑烟含清江樓疊沙積爲崗崩剥雨露幽
石脉盡横亘潜潭何時流又京門望西岳
百里見郊樹飛雨祠上來靄然關中暮又
奸雄乃得志遂使羣心摇赤風蕩中原烈
火無遺巢一人計不用萬里空蕭條又百
泉勢相蕩巨石皆却立昏爲蛟龍窟時見
雲雨入又去時三十萬獨自還長安不信
沙場苦君看刀箭瘢又蘆荻寒蒼江石頭
岸邊飲又長亭酒未醒千里風動地天仗

森森練雪凝身騎駿馬白鷹臂斯並驚耳駭目今略舉其數十句則中興高作可知矣余常覩王公長平伏究又吊积道賦仁有餘也奈何晚節不矜細行謗議沸騰垂歷遐荒使知音者嘆惜

詠史

荷畚至洛陽杖策遊北門天下盡兵甲豺狼滿中原明夷方遘患顧我徒崩奔自慚菲薄才誤蒙國士恩位重任亦重時危志彌敦西上未及

終東南不可吞進則耻保躬退乃爲觸藩嘆惜
嵩山老而後知其尊

觀江淮名山圖

刻意吟雲山尤愛丹青妙稜層列林巒微茫出
海嶠而我高其人揮毫發幽眇持此尺寸圖益
展千里眺淡掃霏素烟濃抹映殘照方遡江漢
流忽見淮海徼湘纍謾興哀英皇復誰吊遐蹤
既云滅獨往豈殊調感對懷拂衣胡寧事漁釣
安期始遺舄千古謝榮曜投迹庶可齊滄浪有

孤棹

○香積寺禮拜萬廻平等二聖僧塔

眞無御世來昔有乘化歸如彼雙塔内孰能知是非愚也駭蒼生聖哉爲帝師當爲時世出不由天地資萬廻至此方平等性無違今我一禮心億劫同不移肅肅松柏下諸天來有時

○齋心

女蘿覆石壁溪水幽蒙籠紫葛蔓黄花娟娟寒露中朝飲花上露夜臥松下風雲英化爲水光

彩與我同日月蕩精魄寥寥天府空

緱氏尉沈興宗置酒南溪留贈

林色與溪古深篁引幽翠山樽在漁舟棹唐情

已醉始窮清源口壑絶人境異春泉滴空崖萌

草拆隂地久之風榛寂遠聞樵聲至海鷗時獨

飛永然滄洲意古時青冥客滅迹淪一尉吾子

躊躇心豈其紛埃事緱岑信所尅濟北余乃遂

齊物意已會息肩理猶未卷舒形性表脱略賢

哲議秉月期角巾飯僧嵩陽寺

江山聞笛

横笛怨江月扁舟何處尋聲長楚山外曲遶胡關深相去萬餘里遥傳此夜心寥寥浦溆寒響盡惟幽林不知誰家子復奏邯鄲音水客皆擁棹空霜遂盈襟羸馬望北走遷人悲越吟何當邊草白旌節隴城陰

東京府縣諸公與綦毋潛李頎相送至白馬寺宿

鞍馬上東門徘徊入孤舟賢豪相追送即棹千

里流赤峰落日在空波微煙收宦薄忘機括醉
來却淹留月明見古寺林木登高樓南風開長
廊夏夜如凉秋江月照吴縣西歸夢中遊

○趙十四見尋

客來舒長簟開閤延凉風但見無絃琴共君盡
樽中晚來常讀易頃者欲還嵩世事何須道黄
精且養蒙嵇康殊寡識張翰獨知終忽憶鱸魚
鱠扁舟往江東

少年行

西陵俠少年客過短長亭青槐夾兩路白馬如
流星聞有羽書急單于寇井陘氣高輕赴難誰
顧燕山銘

聽人流水調子

孤舟微月對楓林分付鳴箏與客心嶺色千重
萬重雨斷絃收與淚痕深

長歌行

曠野饒悲風颼颼多蒿草繫馬倚白楊誰知我
懷抱所是同懷者相逢盡衰老况登漢家陵南

望長安道下有枯樹根上有鼯鼠窠高皇子孫
盡千歲無人過寶玉頻發掘精靈其奈何人生
須達命有酒且長歌

城傍曲

秋風鳴桑條草白狐兔驕邯鄲飯來酒未消城
北原平掣皂鵰射殺空營兩騰虎迴身却月佩
弓弰

塞下曲

飲馬度秋水水寒風似刀平沙日未沒黯黯見

臨洮當昔長城戰咸言意氣高黃塵是今古白骨亂蓬蒿

長信宮

奉箒平明秋殿開蹔將團扇共徘徊玉顔不及寒鴉色猶帶昭陽日影來

鄭縣陶太公館中贈馮六元二

儒有輕王侯脫略當世務本家藍溪下非爲漁弋故無才困躬耕且欲馳永路幽居與君近出谷同所鶩昨日辭石門五年變秋露雲龍未相

感干謁亦已屢子爲黄綬羈余忝蓬山顧京門
望西岳百里見郊樹飛雨祠上來靄然關中暮
驅車鄭城宿秉燭論往素山月出華陰開此河
渚霧清光比故人豁達展心悟馮公尚戢翼元
子仍跼步拂衣易爲高論迹難有趣張范善終
始吾等豈不慕罷酒當凉風屈伸備冥數

從軍行

烽火城西百尺樓黄昏獨坐海風秋更吹横笛
關山月無那金閨萬里愁

賀蘭進明

員外好古博達經籍滿腹其所著述一百餘篇頗究天人之際又有古詩八十首大體符于阮公又行路難五首並多新興

古意二章

秦庭初指鹿羣盜滿山東忤意皆誅死所言誰肯忠武關猶未啓兵入望夷宮爲祟非涇水人君道自窮

其二

崇蘭生澗底香氣滿幽林采采欲爲贈何人是
同心日暮徒盈抱徘徊幽思深慨然紉雜佩重
奏丘中琴一作盈把

行路難五首

君不見嵩下井百尺不及泉君不見山上苗數
寸凌雲烟人生相命亦如此何苦太息自憂煎
但願親友長含笑相逢莫乏杖頭錢寒夜邀歡
須秉燭豈不長思花柳年

其二

君不見門中柳榮曜暫時蕭索久君不見陌上花狂風吹去落誰家隣家思婦見之歎蓬首不梳心歷亂盛年夫婿長別離歲暮相逢色凋換

其三

君不見芳樹枝春花落盡蜂不窺君不見梁上泥秋風始高燕不棲蕩子從軍事征戰蛾眉婵娟守空閨獨宿自然堪下淚況復時聞烏夜啼

其四

君不見雲中月暫盈還復缺君不見林下風聲

遠意難窮親故平生或聚散歡娱未盡樽酒空

歎息青青陵上柏歲寒能有幾人同

其五

君不見東流水一去無窮已君不見西郊雲日

夕空氛氳羣鴈徘徊不能去一鴈驚鳴復失羣

人生結交在終始莫以升沉中路分

六家詩選卷二　　河嶽英靈集中終

六家詩選卷三　　河嶽英靈集下

唐丹陽進士殷璠集

崔署

署詩多歎詞要妙清意悲凉送别登樓俱堪淚下

宿大通和尚塔敬贈如闍梨廣心長孫錡二山人

支公已寂滅塔影山上古更有真僧來道場救諸苦一承微妙法寓宿清淨土身心能自親色

相了無取森森松映月漠漠雲近戶雲外飛電

月夜來前山雨燃燈見棲鴿作禮聞信鼓晚霽

南軒開秋華淨天宇願言長出世謝爾及申甫

潁陽東溪懷古

靈溪氛霧歇皎鏡清心顏空色不映水秋聲多

在山世人久疎曠萬物皆自閑白鷺寒更浴孤

雲晴未還昔時讓王者此地閉玄關無以躡高

步淒涼岑壑間

途中晚發

晚霽長風裏勞歌赴遠期雲輕歸海疾月滿下
山遲旅望因高盡鄉心遇物悲故林遂不見還
在落花時

送薛據之宋州

無媒嗟失路有道亦乘流客處不堪別異鄉應
共愁我生早孤賤淪落居此州風土至今憶山
河皆昔遊一從文章士兩京春復秋君去問相
識幾人今白頭

早發交崖山還太室作

東林氣微白寒鳥急高翔吾亦自茲去北山歸
草堂杪冬正三五日月遥相望肅肅過潁上朧
朧辨少（一作）陽川氷生積雪野火出枯桑獨往路難
盡窮陰人易傷傷此無衣客如何蒙雨霜

登水門樓見亡友張真期題望黃河作
因以感興

吾友東南美昔聞登此樓人隨川上去書在壁
中留巖子好真隱謝公耽遠遊清風初作頌暇
日復消憂時與交友古跡隨山水幽巳孤蒼生

望坐見黄河流流洛年將晚悲凉物已秋天高
不可問掩泣赴行舟

王灣

灣詞翰早著爲天下所稱最者不過一二
遊吴中作江南意詩云海日生殘夜江春
入舊年詩人已來少有此句張燕公手題
政事堂每示能文令爲楷式又搗衣篇云
月華照杵空隨妾風響傳砧不到君所有
衆製咸類若斯非張蔡之未曾見也覺顔

謝之彌遠乎

晚春詣蘇州敬贈武負外

蘇臺憶季常飛棹歷江鄉持此功曹掾幼稱華
省郎貴門生禮樂明代秉文章嘉郡位先進洪
儒名重楊爰從姻婭貺豈失忠信防萬里汗馬
足十年睽鳳翔廻遷翼元聖入拜佇惟良別業
對南浦蓬書滿北堂意深投客㨗才重接筵光
陋學叨鉛簡弱齡詞翰場神馳勞舊國顏展利
殊方際晚雜氛散殘春衆物芳烟和疎樹滿雨

續小江長旅拙感成慰通賢顧不忘從來琴曲
罷開匣爲君張

哭補闕亡友綦毋學士

明代資多士儒林得異材書從金殿出人向玉
墀來詞學張平子風儀褚彥回崇儀希上德近
侍接元台曩契心期早今遊宴賞陪屢遷君擢
桂分尉我從梅忽遇乘軺客云傾構廈材泣爲
洹水化嘆作太山頹與善初將尉尋言半始猜
位聯情易感交密痛難裁遠日寒旌暗長風古

挽衰寰中無舊業行處有新苫反哭䰟猶寄終
喪子尚孩葬田門吏給墳木路人栽遽澳悲成
往俄傳寵令廻玄經貽石室朱紱耀泉臺地古
春長閉天明夜不開登山一臨哭揮淚滿蒿萊

晚夏馬嵬卿叔池亭即事寄京都一二
知巳
忝職鐖甸淹濫陪時俊後才輕策疲劣勢薄常
駈走牽役勞風塵秉心在喦藪宗賢開别業形
勝代希偶竹繞清渭湄泉流白渠口遂廻期賞

會揮忽變星斗逮此乘務閑因而訪幽叟入來殊景物行得洗紛垢林静秋色多潭深月光厚盛香蓮近坼新味瓜初剖滞拙懐隠淪書之寄良友

○奉使登終南山

常愛南山遊因而盡原隰數朝至林嶺百仞登嵬岌石狀馬經窮苔色步緣入物奇春貌改氣遠天香集虛洞策杖鳴低雲拂衣濕倚嵓見盧舍入户欣拜揖問姓矜勤勞示心教澄胃玉英

時共飯芝草爲余拾境絶人不行潭深鳥空立
一乗從此授九轉兼是給辭處若輕飛憩來唯
吐吸開襟超已勝廻路倏而及烟色松上深水
流山下急漸平逢車騎向晩睨城邑峰在野趣
繁塵飄宦情濕辛苦久爲吏榮進何妄執日暮
懷此山悠然賦斯什

奉同賀監林月清酌

華月當秋滿朝軒假興同淨林新霽入規院小
凉通碎影行遳裏揺花落酒中清宵照然意併

此助文雄

○江南意

國秀集作次北固山下，起結竟不同

南國多新意東行伺早天潮平兩岸失風正一帆懸海日生殘夜江春入舊年從來觀氣象惟向此中偏

○觀擣箏

虛室有秦箏箏新月復清絃多弄委曲柱促語分明曉怨凝繁手春嬌入慢聲近來惟此樂傳得美人情

閏月七日織女
耿耿曙河微神仙此夜稀今年七月閏應得兩
廻歸

祖詠
詠詩剪刻省靜用思尤苦氣雖不高調頗
凌俗至如霽日園林好清明烟火新亦可
稱爲才子也

古意二首
楚王竟何去獨自留巫山偏使世人見迢迢江

水間駐舟春潭裏誓願拜靈顔夢寐覩神女金沙鳴珮環閑艶絶世姿令人氣力微含笑默不語化作朝雲飛

其二

夫差日淫放舉國求妃嬪自謂得王寵代間無美人碧羅象天閣坐輦乗芳春宮女數千騎常遊江水濵年深玉顔老時薄花粧新拭淚下金殿嬌多不顧身生前妬歌舞死後同灰塵冢墓令人哀哀於銅雀臺

遊蘇氏別業

別業本幽處，到來生隱心。南山當戶牖，灃水映園林。竹覆經冬雪，庭昏未夕陰。寥寥人境外，閑坐聽春禽。

清明宴司勳劉郎中別業

田家復近臣，行樂不違親。霽日園林好，清明烟火新。以文常會友，唯德自成鄰。池照窻陰晚，杯香藥味春。簷前花覆地，竹外鳥窺人。何必桃源裏，深居作隱淪。

宿陳留李少府廳作

○相知有叔卿訟簡夜彌清旅泊倦愁臥空當聞曙更風簾揺燭影秋雨帶蟲聲歸思那堪說悠悠恨洛城

終南望餘雪作

○終南陰嶺秀積雪浮雲端林表明霽色城中增暮寒

盧象

象雅而平素有大體得國士之風曩在校

書名克秘閟其靈越山最秀新安江甚清
盡東南之數郡

○家叔徵君東溪草堂二首

開山十餘里青壁森相倚欲識堯時天東溪白雲是雷聲轉幽壑雲氣香流水潤影生虫蛇嵒端騎鹿大道終不易君恩曷能已鶴羡無老時龜言攝生理浮年笑六甲元化潛一指未暇掃雲梯空慙阮家子

○其二

今朝共遊者得性閑未歸已到仙人家莫驚鷗
鳥飛水深嚴子釣松挂巢父衣雲氣轉幽寂溪
流無是非名理未足羡腥臊詎所稀自惟負貞
意何歲當食薇

送綦毋潛

夫君不得意本自滄海來高足未云騁虚舟空
復廻淮南楓葉落灞岸桃花開出處暫爲間沉
浮安系哉如何天覆物還遺世遺才欲識秦將
漢嘗聞王與裴離筵對寒食別雨乗春雷會有

辟書至荷衣莫漫裁

送祖詠

田家宜伏臘歲晏子言歸石路雪初下荒村雞共飛東原多烟火北澗隱寒輝滿酌野人酒倦聞隣女機胡爲因樵採幾日罷朝衣

贈程秘書

客自岐陽來吐音若鳴鳳孤飛畏不偶獨立誰見用忽從披褐中召入承明宫聖人借顔色言事無不通慇懃拯黎庶感激論諸公將相猜賈

誼圖書歸馬融顧今久寂寞一歲麒麟閣且共
歌太平勿嗟名宦淂

贈張均員外

公門世業昌才子冠裴王出自平津邸還爲吏
部郎神仙餘氣色列宿耿輝光夜在南宮静朝
移北禁長時人窺水鏡明主賜衣裳翰苑飛鶵
鵠天池侍鳳凰承欣疇日顧未紀後時傷去去
圖南遠微才幸不忘未紀一作未記

追凉歷下古城西北隅此地有清泉喬

木

謝朓出華省王祥貽佩刀前賢眞可慕衰疾意空勞貞悔不自卜遊隨共爾曹未能齊得喪時復誦離騷閑陰七賢地醉飡三士桃蒼苔虞舜井喬木古城壕漁父偏相狎堯年不可逃蟬鳴秋雨霽雲白曉山高咫尺傳雙鯉吹噓忽一毛故人皆得路誰肯念同袍

李嶷

嶷詩鮮淨有規矩其少年行三首詞雖不

多翩翩然佚氣在目也

林園秋夜作

林臥避殘暑白雲長在天賞心既如醉對酒非徒然月色徧秋露竹聲兼夜泉凉風懷袖裏兹意與誰傳

○

淮南秋夜呈同僚

天净河漢高夜閑砧杵發清秋忽如此離恨應難歇風亂池上萍露光竹間月與君共遊處勿作他鄉別

少年行三首

十八羽林郎戎衣侍漢王臂鷹金殿側挾彈玉輿傍馳道春風起陪遊出建章

其二

侍獵長楊下承恩更射飛塵生馬影滅箭落鴈行稀薄霧隨天仗聯翩入瑣闈

其三

玉劍膝邊橫金杯馬上傾朝遊茂陵道夜宿鳳凰城豪吏多猜忌毋勞問姓名

閻防

防爲人好名愽雅甚警策語多眞素至如荒庭何所有老樹半空腹又能棲庭中樹龍蒸棟裏雲皎然可信也

晚秋石門禮拜

輕策凌絕壁招提謁金仙舟車無遊徑崕嶠乃屬天躋躅淹晷景夷猶望新絃石門變暝色谷口生人烟陽鴈叫平楚秋風急寒川馳暉苦代謝浮脆暫貞堅永欲臥丘壑息心依梵筵誓將

歷刧願無以物外牽

宿岏道人精舍

早歲參道風放情已寥廓重經因息侶遂果嵩中諸歛迹辭人間杜門守寂寞秋風剪蘭蕙霜氣冷淙壑山牖見然燈竹房聞搗藥願言捨塵事所趣非龍蠖

夕次鹿門山作

龐公嘉遁所浪迹難追攀浮舟暝始至抱杖聊自閑雙闕開鹿門百谷集珠灣噴薄湍上水舂

容漂裏山進原不足險梁壑未成艱我行自春
仲夏鳥忽綿蠻蕙草色已晚容心殊未還遠遊
非避地訪道愛童顏安能絢機巧爭奪錐刀間

百丈溪新理茅茨讀書

浪迹棄人世還山自幽獨始傍巢由蹤吾其獲
心曲荒庭何所有老樹半空腹秋蜩鳴北林暮
鳥穿我屋栖遲樂遵渚恬曠寡所欲開卦推盈
虛散帙攻節目養閑度人事達命知止足不學
東國儒俟時勞伐輻

與永樂諸公泛黃河作

烟深載酒入但覺暮川虛映水見山火鳴榔聞夜漁愛茲山水趣忽與人世踈無暇燃官燭中流有望舒

六家詩選卷三　河嶽英靈集下終

□家詩選卷二

中興間氣集上

渤海高仲武集

錢起

貟外詩體格新奇理致清贍越從登第挺冠詞林文宗右丞許以高格右丞没後貟外爲雄芟齊宋之浮游削梁陳之靡嫚迥然獨立莫之與羣且如鳥道挂踈雨人家残夕陽又牛羊上山小烟火隔林踈又長樂鐘聲花外盡龍池柳色雨中深皆特出

意表標雅古今又窮達戀明主耕桑亦近
郊則禮義克全忠孝兼著足可弘長名流
爲後楷式士林語曰前有沈宋後有錢郎

奉送劉相公催轉運

國用資戎事臣勞爲主憂將徵任土貢更發濟
川舟擁傳星還去回池鳳不留唯高飲冰節稍
淺別家愁落葉淮邊雨孤山海上秋遥知謝公
興微月在高樓

裴迪書齋翫月之作

夜來詩酒興月上謝公樓影閉重門靜寒生獨
樹秋鵲驚隨月散螢遠入烟流今夕遥天末清
輝幾處愁

廣德初見鑾駕出關後愁望之作

愁看秦川色慘慘雲景晦乾坤暫運行品物遺
覆載黄塵漲戎馬紫氣隨龍旆掩泣指關東日
月妖氛外臣心寄遠水潮海去如帶周德更休
明天衢佇開泰

太子李舍人城中別業與文士逃暑

下車失炎暑重門深緑篁宫臣禮嘉客林表開蘭堂玆席興難盡澄壘照墨塲鮮風吹印綬密坐皆馨香美景惜文會清吟遲羽觴東陵晚來好極目趣何長鳥道挂踈雨人家殘夕陽城隅擁歸騎留酌戀瓊芳

咏白油帽送客

薄質慙加首微陰幸庇身卷舒無定日行止必依人已沐脂膏惠寧辭雨露頻雖同客衣色不染洛陽塵

東皋早春寄郎四校書

禄微賴學稼歲起歸衡茆窮達戀明主耕桑亦近郊夜來霽山雪陽氣動林梢萌蕙暖初吐春鳩鳴欲巢逢萊時入夢知子憶貧交

闕下贈裴舍人

（劉云有情有味有体色）

二月黄鸝飛上林春城紫禁曉陰陰長樂鐘聲花外盡龍池柳色雨中深陽和不散窮途恨霄漢常懸捧日心獻賦十年猶未遇羞將白髮對華簪

過温逸人舊居

反真難合道懷舊仍無弔浮俗漸澆淳斯人誰繼妙聲容在心耳寧覺阻言笑玄堂閑幾春拱木齊雲嶠鶴傳居士舞猿得蘇門嘯酹酒片陽徼空山想埋照

送彈琴李長史赴洪州

抱琴爲傲吏孤棹復南行幾處秋江水皆添白雪聲佳期來客夢幽思緩王程佐牧無勞問心和政自平

宿畢侍御宅

交情頗更好子有古人風晤語清霜裏平生苦節同心惟二仲合室乃一瓢空落葉寄秋菊愁雲低夜鴻薄寒燈影外殘漏雨聲中明發南昌去廻看御史驄

靜夜詶通上人問疾

東林生早涼高梲遠公房大士看心後中宵清漏長驚蟬出暗槸微月隱廻廊何事沉痾久含毫問藥王

山中寄時校書

蓬萊紫氣温如玉唯予知爾陽春曲别來幾日芳蓀緑百花酒滿不見君青山一望心斷續

張衆父

寄興園池鶴上劉相公

馴押經時久褦襶短翮存不隨淮海變空愧稻粱恩獨立秋天静單栖夕露繁欲飛還斂翼詎敢望乘軒

送李觀之宣州謁袁中丞賦得三洲渡

古渡大江濵西南距要津自當舟楫路應濟往來人翻浪驚飛鳥回風起緑蘋君看波上客歲晚獨垂綸

送李司直使吴

使君方擁傳王事遠辭家震澤逢殘雪新豐遇落花一作過一字遇水萍千葉散風柳萬條斜何處看離恨春江無限沙

于良史

侍御詩清雅工於形似如風兼殘雪起河

帶斷氷流吟之未終皎然在目

冬日野望

地際朝陽滿天邊宿霧收風兼殘雪起河帶斷氷流北闕馳心極南圖尚旅遊登臨思不已何處可消憂

閑居

隱几讀黃老閑齋耳目明僻居人事少多病道心生雨洗山林濕蛙鳴池館晴褰簾暮雲起殘日上高城

鄭丹

丹詩剪刻婉密寳曆中獻二帝兩后挽歌三十首詞旨哀楚得臣子之致雖不及事朝廷嘉之解褐任蓟州録事參軍今選尤者列于此集

玄宗至道大聖大明皇帝挽歌

律曆千年會車書萬里同固期常戴日豈謂厭觀風地慘新疆理城摧舊戰攻山河寧不壯今夕盡皆空夕一作昔

肅宗挽歌

國以重明受天從諒闇移諸侯方北面白日忽西馳龍影當泉落鴻名向廟垂永言青史上還是載無爲

李希仲

李詩輕靡華勝於實此所謂才力不足務爲清逸然前軍飛鳥落格闘塵沙昏亦出塞實録疊疊不絶者可及于中矣

東皇太一祠

去日初齋戒靈巫穆上皇焚香布瑤席鳴佩奠椒漿緩舞花飛滿清歌水去長回波送神曲雲雨過瀟湘

薊北行二首

旄頭有精芒胡騎獵秋草羽檄南渡河邊庭用兵早漢家愛征戰宿將今已老辛苦羽林兒從戎揄關道

其二

一身救邊速烽火連薊門前軍飛鳥落一作斷格

鬭塵沙昏寒入鼓聲急單于將夜奔當須徇忠
節身死報國恩

李嘉祐

袁州自振藻天朝大收芳譽中興高流與
錢郎别爲一體往往涉于齊梁綺靡婉麗
蓋吳均何遜之敵也如野渡花爭發春塘
水亂流又朝霞晴作雨濕氣晚生寒文章
之冠冕也又禪心超忍辱梵語問多羅使
許詢更出孫綽復生窮極筆力未到此境

發溢浦望山初晴直省賞勑催赴江陰作

西望香爐雪千峰晚更新白頭悲作吏黄紙更催人多負登山屐深藏漉酒巾傷心公府内手版日相親

送王牧吉州謁使君叔

細草緑汀洲王孫耐薄遊年華初冠帶文體舊弓裘野渡花爭發春塘水亂流使君憐小阮應念倚門愁

潤州王別駕宅送蔣九侍御收兵歸揚州

沴氣清金虎兵威壯鉄冠揚旌川色暝吹角水風寒人對輜軿醉花看睥睨殘羨歸丞相府空望舊雕欄

奉陪韋潤州遊鶴林寺

野寺江城近雙旌五馬過禪心超忍辱梵語問多羅松竹閑僧老雲烟晚日和寒塘歸路轉清磬隔微波

仲夏江陰官舍寄裴明府

尚室邊江次孤城對海安朝霞晴作雨濕氣晚
生寒苔色侵衣桁潮痕上井欄題書招茂宰思
爾欲辭官

送韋員外端公宣慰勸農畢赴洪州

聖主臨前殿殷憂遣使臣氣迎天詔喜恩發土
膏春草色催歸棹鶯聲爲送人龍沙多道里流
水日相親

登楚城驛路十里村竹林次交映

十里山村道千峰櫟樹林霜濃竹枝亞歲晚荻
花深草市多樵客漁家足水禽幽居雖可羨無
那子牟心

和苗員外秋夜省直

久雨南宫夜仙郎寓直時漏長丹鳳闕秋老白
雲司螢影侵階亂鴻聲出苑遲蕭條人吏散小

謝有新詩

章八元

○新安江行

江源南出永野飯暫維梢古戍懸魚網空林露
鳥巢雪晴山脊見沙淺浪痕交自笑無媒者逢
人作解嘲

戴叔倫

吴明府自遠而來留宿

出門逢故友衣服滿塵埃歲月不可問山川何
處來綺城容散宅散職寄靈臺自此留君醉相
懽得幾廻

除夜宿石頭驛

旅館誰相問寒燈獨可親一年將盡夜萬里未歸人寥落悲前事支離笑此身愁顏與衰鬢明日又逢春

客夜與故人偶集

天秋月又滿城闕夜千重還作江南會翻疑夢裏逢風枝驚暗鵲露草覆寒蟲羈旅長堪醉相留畏曉鐘

送友人東歸

萬里楊柳色出關送故人輕烟拂流水落日照

行塵積夢江湖闊憶家兄弟貧徘徊灞亭上不
語自傷春

別友人

擾擾倦行役相逢陳蔡間如何百年内不見一
人閑對酒惜餘景問程愁亂山秋風萬里道又
出穆陵關

廣陵送趙主簿自蜀歸

将歸汾水上遠省錦城來已泛西江盡仍隨北
鴈迴暮雲征馬速曉月故關開漸向庭闈近留

君醉一杯

皇甫冉

冉詩巧於文字發調新奇遠出情外然而雲藏神女館雨到楚王宫與閉門白日晚倚杖青山暮及遠山重疊見芳草淺深生岍草知春晚沙禽好夜驚又燕知社日辭巢去菊爲重陽冐雨開可以雄視潘張平揖沈謝又巫山詩終篇奇麗自晉宋齊梁陳隋以来採掇者無數而補闕獨獲驪珠

使前賢失步後輩郤立自非天假何以逮

斯長轡未騁芳蘭早凋悲夫

送王相公赴幽州

自昔蕭曹任難兼衛霍功勤勞無遠近旌節屢西東不選三河卒還令萬里通鴈行緣古塞馬鬣起長風遮虜關山靜防秋鼓角雄徒思一攀

送贏病華門中

題裒回新園

東郭訪先生西郊尋隱路久為江南客自有雲

陽樹已得丘園心不知公府步閉門白日曉倚杖青山暮果熟任霜封籬疎從水渡窮年無牽綴往事惜淪誤惟見耦耕人朝朝自来去

○酬袁補闕中天寺見寄

東林初結社已有晚鐘聲囪户皆流水房廊半架城遠山重疊見芳草淺深生每與君攜手多煩長老迎

酬崔侍御期蘇道士不至

一心求妙道幾處候真師丹竈今何處白雲無

定期崑崙烟景絶汗漫往来遲君但焚香待人
間到有時

巫山高

巫峽見巴東迢迢出半空雲藏神女館雨到楚
王宫朝暮泉聲落寒暄樹色同清猿不可聽偏
在九霄中霄一作秋

和袁郎中破賊後經剡中山水

武庫分帷幄儒衣事鼓鼙兵連越徼外寇盡海
氛門一作西節比全疎勒功當雪會稽旌旗廻剡

嶺士馬濯耶溪受律梅初發到師草未齊行看
佩侯(一作金)印豈得訪丹梯

送元晟還於潛山所居

深山秋事早君去復何如裛露收新稼迎霜葺
舊廬題詩即招隱作賦是閑居別後空相憶嵇
康懶寄書

獨孤中丞筵陪餞韋使君赴昇州

中司龍節貴上客虎符新地控吳襟帶才高漢
縉紳泛舟應渡臘入境便行春何處(一作處處)歌來

暮長江建業人

同杜相公對山僧作

吏散重門掩僧来閉閣閒遠心馳北闕春興寄東山草長風光裏鶯喧静默間芳晨不可住惆悵暮禽還

送林貟外往江南

分務江南遠留懽幕下榮楓林緣楚澤水驛到湓城岍草知春晚沙禽好夜驚風帆幾泊處處暮潮清

送李録事赴饒州

北人南去雪紛紛雁叫汀沙不可聞積水長天隨遠道荒城極浦足寒雲山從建業千峰出江至潯陽九派分借問督郵纔弱冠府中年少不如君

秋日東郊作

閒看秋水心無事卧對寒松手自栽廬岳高僧留偈別茅山道士寄書來燕知社日辭巢去菊爲重陽冒雨開淺薄將何稱獻納臨歧終日獨

遲廻

少室韋鍊師昇仙歌

紅霞紫氣晝氤氳絳節青幢迎少君忽從林下
昇天去空使時人禮白雲

杜誦

杜君詩調不失如流水生涯盡浮雲世事
空得生人始終之理故編之

哭長孫侍御

道爲詩書重名因雅頌榷禮闈曾擢桂憲府舊

乗驄流水生涯盡浮雲世事空唯餘舊臺柏蕭
颯九原中

朱灣

從事率履正素放情江湖郡國交辟潛耀
不起有唐高人也詩體幽遠興用洪深因
詞寫意窮理盡性於詠物尤工如受氣何
曾異開花獨自遲所謂哀而不傷國風之
深者也

秋夜燕王郎中宅賦得露中菊

衆芳春競發寒菊露偏滋受氣何曾異開花獨
自遲晚成猶待賞欲采未過時忍棄東籬下看
他迭盛衰

奉使設宴戲擲籠籌

今日陪樽俎良籌復在兹獻酬君有禮賞罰我
無私莫怪斜相向還將正自持一朝權入手看
取令行時

詠雙陸骰子

采采應緣白鑽心不爲名掌中猶可重手下莫

言輕有對唯求敵無私直任爭君看一擲後當
取擅場聲

詠壁上酒瓢呈蕭明府

不是難提挈行藏固有期安身未得所開口欲
從誰應物心無倦當壚柄會持莫將成廢器還
有對樽時

詠玉

歌玉屢招疑終朝省復思既衰黄鳥興還復白
圭詩請益先求友將行必擇師誰知不鳴者獨

下董生帷

送陳傻賦得白鳥翔翠微

不知鷗與鶴天畔弄晴暉背日分明見臨川相映微淨中雲一點回處雪孤飛正好南枝住翩翩何所歸

題段上人院壁畫古松

石上盤古根謂言天生有安知草木性變在畫師手陰深方丈間真趣幽且閑木紋離披勢槎枿中裂空心火燒出掃成三寸五寸枝便是千

年萬年物莓苔濃淡色不同一面（一作半）死皮生蠹蝕風霜未必來到此氣色杳在寒山中孫標可玩不可取能使支公道場古

韓翃

韓員外詩匠意近於史興致繁富一篇一詠朝士珍之多士之選也如星河秋一鴈砧杵夜千家又客衣筒布潤山舍荔支繁又踈簾看雪捲深戶映花關方之前載芙蓉出水未足多也其比興深於劉員外筋

節成於皇甫冉也

送辰州李中丞

白羽逐青絲翩翩南下時巴人迎道路蠻帥引旌旗暮雨山開少秋江葉落遲功成異他日應見竹郎祠

題薦福寺衡嶽禪師房

春城乞食還高論此中閑僧臘堦前樹禪心江上山疎簾看雪捲深戶映花關晚送門人出鐘聲杳靄間

奉送王相公赴幽州

黄閣開帷幄丹墀待冕旒位高湯左相權總漢諸侯不改周南化仍分趙北憂雙旌過易水千騎入幽州塞草連天暮邊風動地秋無因陪遠道結束佩吳鈎

題蘇許公林亭

平津東閣在别是竹林期萬葉秋聲裏千家落照時門隨深巷静窗過遠鐘遲客住苔生處依然又賦詩

送孫革及第後歸江南

過淮芳草歇千里又東歸野水吳山出家林越鳥飛荷香隨去棹梅雨濕征衣無數滄洲客如君達者稀

題僧房

披衣聞客至關鎖此時開鳴磬夕陽盡卷簾秋色來名香連竹徑清梵出花臺身在心無事一作住他方到幾回

送太常元博士歸潤州

渡江秋色裏詩興與歸心客路緣楓岍家人掃
橋林潮聲當晝起山翠近南深幾日華陽洞寒
花獨自尋

蘇渙

渙本不平者善放白弩色中號曰白跖賓
人患之以比盜跖後自知非變節從學鄉
賦擢第累遷至御史佐湖南幕崔中丞遇
害渙遂踰嶺扇動哥舒跋扈交廣此猶龍
蛇見血本質彰矣三年中作變律詩九首

上廣州李帥其文意長於諷刺亦育陳拾遺一鱗半甲故善之或曰此子左右嬖臣侵敗王略今著其文可乎荅曰漢著蒯通説詞皇史録列祖君彥檄書此大所以容細也夫善惡必書春秋至訓明言不廢孟子格言涣者其殆類此乎但不可弃其善亦以深戒君子之意

變律格詩

日月東西行寒暑冬夏易陰陽無停機造化渺

莫測開目爲晨光閉目爲夜色一開復一閉明
晦無休息居然六合外曠我天地德天地且不
言世人浪喧喧

同前

毒蜂一成窠高挂惡木枝行人百步外目斷魂
亦飛長安大道邊挾彈誰家兒右手持金丸引
滿無所疑一中紛下來勢若風雨隨身如萬箭
攢宛轉迷所之徒有疾惡心奈何不知幾

同前

養蚕爲素絲葉盡蚕不老傾筐對林樹此意向誰道一女不得織萬夫受其寒〻一夫不得意四海行路難禍亦不在大福亦不在先世路險孟門吾從當勉旃

六家詩選卷三　中興間氣集上　終

六家詩選卷三

中興間氣集下

渤海高仲武集

郎士元

員外河嶽英奇人倫秀異自家形國遂擁大名右丞以往與錢更長自丞相已下更出作牧二公無詩祖餞時論鄙之兩君體調大抵欲同就中郎公稍更閑雅近於康樂如荒城背流水遠鴈入寒雲去鳥不知倦遠帆生暮愁又蕭條夜靜邊風吹獨倚

營門向秋月可以齊衡古人掩映時輩又
暮蟬不可聽落葉豈堪聞古謂謝眺工於
發端比之於今有慚沮矣

送裼中丞和蕃

錦車登隴日邊草正萋萋舊好隨君長新愁聽
鼓鼙河源飛鳥外雪嶺大荒西漢壘今猶在遥
知路不迷

送奚賈歸吴

東南富春渚曾是謝公遊今日奚生去新安江

正秋水容清過客楓葉落行舟遥想赤亭下聞

猿應夜愁

別鄭礒

暮蟬不可聽落葉豈堪聞自是悲秋客那能此

路分荒城背流水遠鴈入寒雲陶令東籬菊餘

花可贈君

送長沙韋明府之縣

秋入長沙縣蕭條旅宦心烟波連桂水官舍映

楓林雲日楚山暮沙汀白鷺深遥知訟堂裏佳

政在鳴琴

送洪州李別駕之任

南去秋江遠孤舟興自多能將流水引更入洞庭波夏口帆初上潯陽鴈正過知音在霄漢佐郡豈蹉跎

送裴補闕入河東幕

皎然青瑣客何事動行軒苦節酬知己清吟去掖垣秋城臨海樹寒月上營門鄒魯詩書地應無鼙鼓喧

春日宴張舍人宅

嬾尋芳草徑來接侍臣筵山色知殘雨牆陰覺暮天鶯歸漢宮柳花隱杜陵烟地與東城接春光醉目前

送陸負外赴潮州

含香臺上客剖竹海邊州楚驛多歸信閩溪足亂流今朝永嘉後重見謝公遊

送王棼流雷州

昨日三峰尉今朝萬里人平生任孤直豈是不

防身海霧多爲瘴山雷乍作鄰遥憐北囱月與子獨相親

題劉相公三湘圖

昔歲別衡霍適來憶南州今朝平津邸兼得瀟湘遊稍辨郢門樹依然芳杜洲徽明月一作三巴峽咫尺萬里流去鳥不知倦遠帆生暮愁涔陽指天末北渚空悠悠枕上見漁父坐中常狎鷗誰言魏闕下自有東山幽

送孫侍郎往容府宣慰

春原獨立望湘川擊隼南飛上楚天奉詔不言空問俗清時因得訪遺賢荆門晚色兼梅雨桂水春風過驛船疇昔嘗聞陛賈説故人今日豈徒然

塞下曲

寶刀塞上兒身經百戰曾百勝壯心竟未嫖姚知百車山頭日初没黄沙戍下悲歌發蕭條夜靜邊風吹獨倚營門向秋月

崔峒

崔拾遺文彩炳然意思方雅如清磬度山
翠閑雲來竹房又流水聲中視公事寒山
影裏見人家斯亦披沙揀金往往見寶

春日憶姚氏外甥

離亂人相失春秋鴈自飛秪緣行路遠未必寄
書稀二月花無數頻年意有違落暉看過後獨
坐淚沾衣

題崇福寺禪師院

僧家竟何事掃地與焚香清磬度山翠閑雲來

竹房身心塵外遠歲月坐中忘向晚禪堂掩無人空夕陽

江上書懷

骨肉天涯別江山日落時淚流襟上血髮變鏡中絲胡越書難到存亡夢豈知登高回首罷形影自相隨

送薛良友往越州謁從叔

辭家日已久與子分仍深易得思鄉淚難爲欲別心孤雲隨浦口幾日到山陰遥想蘭亭下清

風滿竹林

送貞上人還蘭若

得道雲林久年深暫一歸出山逢世亂乞食覺

人稀半偈初傳法中峰又掩扉愛憎應不染塵

俗自依依

送丘二十二歸蘇州

積水與寒烟嘉禾路幾千孤猿鳴海嶠群鴈起

湖田曾見長洲苑會聞大雅篇郤將封事去知

爾得閑眠

初拜命後酬丘二十二見贈

江海久垂綸，朝衣忽挂身。丹墀方謁帝，白髮免羞人。才傑文章士，名當諫諍臣。空餘薦賢不，敢負交親。

題桐廬李明府官舍

訟堂寂寂對烟霞，五柳門前晚聚鴉。流水聲中視公事，寒山影裏見人家。移風共美新為政，計日還知更觸邪。卻憶陶潛無限酒，不逢籬菊便開花。

清江曲内一絶射折署

八月長江去浪平片帆一道帶風輕極目不分
天水色南山南是岳陽城

張繼

負外累代詞伯積習弓裘其於爲文不雕
自飾及爾登第秀發當時詩體清迥有道
者風如女停襄邑杼農髮汶陽畊可謂事
理雙切又火燎原猶熱風揺海未平比興
深矣、

送判官往陳留

齊宋分巡地頻年此用兵女停襄邑杼農廢汶陽畊使者乘軺去諸藩擁節迎深仁佐君子薄賦卹黎甿火燎原猶熱風搖海未平應將否泰理一問魯諸生

感懷

調與時人背心將静者論終年帝城裏不識五侯門

夜泊松江

月落烏啼霜滿天江楓漁火對愁眠姑蘇城外
寒山寺夜半鐘聲到客舡

劉長卿

長卿有吏幹剛而犯上兩遭遷謫皆自取
之詩體雖不新奇甚能鍊飾大抵十首已
上語意稍同於落句尤甚思銳才窄也如
草色加湖綠松聲小雪寒又沙鷗驚小吏
湖色上高枝又細雨濕衣看不見閑花落
地聽無聲裁長補短盖絲之類歟其得罪

風霜苦全生天地仁可謂傷而不怨亦足
以發揮風雅矣
題崔公庭竹
不學媚清瀾能依上將壇朦朧低晃過青翠捲
簾看得地移根遠經霜抱節難紉花成鳳實嫩
笋長漁竿謫謫軍容静蕭蕭郡宇寛細音和角
響踈影上門寒院巷何人在梁園幾處殘空餘
軒屏側歲晚對一作伴任安
送朱山人越州賊退歸山陰别業

越中初戰罷江上送歸橈南渡無來客西陵自落潮空城垂故柳舊業廢春苗閭里誰相見鶯花共寂寥

○謫至于越亭作

天南愁望絶亭上柳條新落日獨歸鳥孤舟何處人生涯投嶺徼世業陷邊塵江入千峰暮花迎百越春秦臺憐白首楚水怨青蘋草色無征路鶯聲傍逐臣獨醒翺引笑直道不容身得罪風霜苦全生天地仁青山數行淚滄海一窮鱗

牢落機心盡空憐鷗鳥親

陪鄭中丞林園宴

心遠親魚鳥功成厭鼓鼙林中阮家醉池上謝公題門徑蒼苔合窓陰綠篠低夕陽山向背秋草水東西舊架懸藤老疎籬插槿齊風烟不可到誰羨武陵溪

送張繼司直適越

時危身適越事往任浮沉萬里江山去孤舟百戰心春風吳渚綠古木剡山深明月滄洲路歸

雲不可尋

送駱三少府西山應制

汀洲芳草綠日暮更芬芬舊國無來信春江獨

送君五言凌白雪六翮向青雲自是無機者沙

鷗已可羣

送李中丞之襄州

流落征南將曾驅十萬師罷歸無舊業老去變

明時獨立三邊靜輕生一劒知茫茫漢江上日

暮欲何之

題鄭山人幽居 一作寂寂孤鶯啼杏園寥寥一犬吠桃源

白首深藏谷口村春山犬吠武陵原落花芳草無行處萬壑千峰獨閉門

送郎士元

春風倚棹闔閭城水國春深陰復晴細雨濕衣看不見閑花落地聽無聲日斜江上孤帆影草綠湖南萬里程東道若逢相識問青袍今日誤儒生

李季蘭

士有百行女唯四德季蘭則不然形氣既
雖詩意亦蕩自鮑昭以下罕有其倫如遠
水浮仙棹寒星伴使車蓋五言之佳境也
上傚班姬則不足下比韓英則有餘不以
遲暮亦丶後姬

湖上卧病喜陸鴻漸至

昔去繁霜月今來苦霧時相逢仍卧病欲語淚
先垂强勸陶家酒還吟謝客詩偶然成一醉此
外更何之

○寄校書七兄

無事烏程縣，蹉跎歲月餘。不知芸閣吏，寂寞竟何如。遠水浮仙棹，寒星伴使車。因過大雷岸，莫忘幾行書。

寄朱放

望水試登山，山高湖又闊。相思無曉夕，相望經年月。鬱鬱山木榮，綿綿野花發。別後無限情，相逢[illegible]一時說。

送韓揆之江西

相看指楊𣏌别恨轉依依萬里江西水孤舟何
處歸湓城潮不到夏口信應稀唯有衡陽雁年
年来去飛

道意寄崔侍郎千

莫漫戀浮名應須薄宦情百年齊旦暮前事盡
虛盈愁鬓行看白童顔學未成無過天竺國依
止故先生

賦得三峽流泉歌

妾家本住巫山雲巫山流泉常自聞玉琴奏出

轉寥夐直似當時夢裏聽三峽迢迢幾千里一時流入幽閨裏巨石崩㟷指下生飛泉走浪絃中起初疑憤怒含雷風又似嗚咽流不通回湍曲瀨勢將盡時復滴瀝平沙中憶昔阮公爲此曲能令仲容聽不足一彈既罷還一彈願似流泉鎮相續

竇參

竇君詩亦祖沈千運比於孟雲卿尚在廊廡間如萬丈水聲落四時松色寒又人生

年幾齊憂苦亦先老雖其羽翼未齊而筋
骨已具

閑居湖上

避影將息陰自然知音稀向來深林中偶亦有
所窺飛鳥口銜食引雛上高枝但各子其子寧
知宜不宜止止復何言物情方可知

登潛山觀

山勢欲相抱一條微徑盤攀蘿歇復行始得凌
仙壇聞道葛夫子此中鍊還丹丹成五色光服

之生羽翰靈草空自緑餘霞誰復飡至今步虛
處猶有孤飛鸞幽幽古殿門下壓浮雲端萬丈
水聲落四時松色寒旣入無何鄉轉爀人事難
終當遠塵俗高卧從所安

遷謫江表久未歸

一自經放逐徘徊無所從使爲寒山雲不得隨
飛龍名豈不欲保歸豈不欲早苦無三月資遠
適萬里道離心與羈思終日苦草草人生年幾
齊憂苦亦先老誰能假羽翼使我暢懷抱

道人靈一

自齊梁以來道人工文多矣罕有入其流者一公乃能刻意精妙與士大夫更唱迭和不其偉歟如泉涌堦前地雲生戶外峰則道猷寶月曾何及此五十九

酬皇甫冉赴無錫於雲門寺贈詩別

湖南通古寺來往意無涯欲識雲門路千峰到若耶春山子猷宅古木謝敷家自可長偕隱那云相去賒

宿靈洞觀

石室因投宿仙翁幸見容花源隔水見洞府過山逢泉涌堦前地雲生户外峰中宵自入定非是欲降龍

靜林寺即武帝隱所有鐘磬皆古物時時有聲

靜林溪路遠蕭帝有遺蹤水擊羅浮磬山鳴于闐鐘燈傳三世火樹老萬株松無數烟霞色空聞昔卧龍

雨後欲尋天目山問元駱二公溪路絕

句

昨夜雲生天井東春山一雨幾回風林花併逐

溪流下欲上龍池通不通

姚倫

姚子詩雖未弘深去凡已遠屬辭比事不

失文流如亂聲千葉下寒影一巢孤篇什

之秀也

感秋林

試向東林望方悲節候殊亂聲千葉下寒影一巢孤不蔽秋天雁驚飛夜月烏霜風與春月幾度遣榮枯

過章秀才客舍

達人心自適旅舍當閑居不出來時徑重看讀了書晩嵐山色近秋日樹陰疎盡是忘言客聽君誦子虛

皇甫曾

昔孟陽之與景陽詩德遠慙厥弟協居上

品載處下流今侍御之與補闕文辭亦爾
體制清潔華不勝文然寒生五湖道春及
萬年枝五言之選也其爲士林所尚宜哉

送雲門邕上人

春山臨一室獨坐草萋萋身寂心成道花閑鳥
自啼細泉松逕裏反照竹林西晚與門人別依
依出虎溪

送林中丞還京

戰罷回龍節朝天見鳳池寒生五湖道春及萬

年枝邵化多遺愛胡清已畏知懷恩多感別墜
淚向旌旗

贈別筌公

律儀傳教誘僧臘老烟霄樹色依禪誦泉聲入
寂寥寶龕經末刼画壁見南朝深戶風開合寒
泉月對擡息心居靜理愛定至中宵更欲尋眞
去乘船泛海潮

送杜中丞還京　一

上將還專席雙旌復出秦關河三晉路賓從五

原人孫戍雲連海平沙雪度春酬恩看玉劍何
處有烟塵

早朝日寄所知

長安雪後見歸鴻紫禁朝天拜舞同曙色漸分
雙闕下漏聲遥在百花中爐烟乍起開仙仗玉
珮成行引上公共荷發生同雨露不應黃葉久
從風

孟雲卿

鄴城懷古

朝發淇水南將尋北燕路魏家舊城闕寥落無人住伊昔天地屯曹公獨中據羣臣將北面白日忽西暮三臺竟寂寥萬世難長固雄豪安在哉衰草沾霜露崔嵬長河北尚見應劉墓古樹藏龍蛇荒茅伏狐兔永懷故池館數子連章句逸興驅山河雄詞變雲霧我行覩遺跡精爽如相遇斗酒將酹君悲風白楊樹

傷情

爲長心易憂早孫意常傷出門先躊躇入戶亦

彷徨此生一何苦前事安可忘兄弟先我没孤
幼盈我傍舊居近東南河水新爲梁松栢今在
兹安忍思故鄉四時與日月萬物各有常秋風
已一起草木無不霜行行當自勉不忍再思量

傷時

徘徊宋郊上不見平生親獨立正傷心悲風來
孟津大方載羣物生死有常倫虎豹不相食哀
哉人食人豈伊逢世運天道亮云云

同前

大空流素月三五何明明光耀侵白日賢愚迷
至精四時更變化天道有虧盈常恐今夜没須
臾還復生

劉灣

出塞曲

將軍在重圍音信絶不通羽書如流星飛入甘
泉宫倚是并州兒少年心膽雄一朝隨召募百
戰争王公去年桑乾北今年桑乾東死是征人
死功是將軍功汗馬牧秋月疲卒臥霜風仍聞

左賢王更欲圍雲中

虹縣嚴孝子墓

至性教不及因心天所資禮聞三年喪汝獨終身期下布骨肉恩上報父母慈禮聞哭有卒汝獨哀無時前有松栢林荆棘結蒙蘢墓門白日閉泣血黄泉中草服蔽枯骨垢容載飛蓬舉聲哭蒼天萬木皆悲風

李陵別蘇武

漢武愛邊功李陵提步卒轉戰單于庭身隨漢

軍没李陵不愛死心存歸漢闕誓欲還國恩不
爲匈奴屈身辱家已無長居狼虎窟胡天無春
風虜地多積雪窮陰愁殺人况與蘇武别發聲
天地哀執手肺腸絶白日爲我愁陰雲爲我結
空爲漢臣死爲胡地骨萬里長相思終身望
南月

雲南曲

百蠻亂南方羣盜如蝟起騷然疲中原征戰從
此始白門大和城來往一萬里去者無全生卜

人九人死岱山馬臥陽山燕兵哭瀘水妻行求死
夫父行求死子蒼天滿愁雲白骨積空壘哀哀
雲南行十萬同已矣

張南史

張君弈碁者中歲感激苦節學文數載間
稍入詩境如已被秋風教憶鱠更聞寒雨
勸飛觴可謂物理俱美情致兼深

送朱文北遊

歲暮欲爲别江湖聊自寬且無人事戀誰謂客

行難郢曲憐公子吴州憶伯鸞蒼蒼遠山際松栢獨宜寒

陸勝宅秋雨中探韻同作

同人永日自相將深竹閑園偶辟強已被秋風教憶鱠更聞寒雨勸飛觴歸心莫問三江水旅服從沾九日霜醉裏欲尋騎馬路蕭條幾處有垂楊

送司空十四遊宋州

宦况危城下蕭條送爾歸寒風聞画角暮雪犯

征衣道里猶成間親朋重與違白雲愁欲斷看

入大梁飛宦況一作九拒

六家詩選卷三

中興間氣集下終

六家詩選卷四　唐詩極玄集

唐諫議大夫姚合纂

姚武功自題云此皆詩家射鵰手也合於衆集
中更選其極玄者庶免後來之非
姜堯章云人詩措辭妥帖用意精切或譏其
卑下非也當以唐人觀之又云吾所不加點
者亦非後世所能到
唐詩數千百家浩如淵海姚合以唐人選唐詩
其識鑒精矣然所選僅若此何也蓋當是時

以詩鳴者人有其集製作雖多鮮克全美譬
之握珠懷璧豈得悉無瑕纇者哉武功去取
之法嚴故其選精選之精故所取僅若此宋
初詩人猶宗唐自蘇黄一出唐法幾廢介甫
選唐百家亦惟據宋次道所有本耳又玄粹
苑世巳稀睹况其他乎易嘗采唐人詩幾千
家萬有餘首睎此有愧蓋閔作者之苦心悼
後世之無聞故凡一聯一句可傳誦者悉録
不遺亦不以人廢固知愽而寡要勞而無功

知我罪我一不敢計業欲弁鋟諸梓而力有未逮姑先此集與言詩者共之時重紀至元之五年三月既望建陽蔣易題

六家詩選卷四

六家詩選卷四　　極玄集上

唐諫議大夫姚合選

王維　字摩詰河東人開元九年進士歷拾遺御史天寶末給事中肅宗時尚書右丞

送晁監歸日本

積水不可極安知滄海東九州何處所萬里若乘空向國唯看日歸帆但信風鼇身映天黑魚眼射波紅鄉樹扶桑外主人孤島中別離方異域音信若爲通

送丘爲

憐君不得意況復柳條春為客黃金盡還家白髮新五湖三畝宅萬里一歸人知爾不能薦羞稱獻納臣

觀獵

風勁角弓鳴將軍獵渭城草枯鷹眼疾雪盡馬蹄輕忽過新豐市還歸細柳營迴看射鵰處千里暮雲平

祖詠 開元十二年進士

留別盧象

朝來已握手宿別更傷心灞水行人渡商山驛路深故情君且足謫宦我難任直道皆如此誰能淚滿襟

蘭峯贈張九皐

君王既巡狩輦路入秦京遠戍低蒼壘孤山出草城寒踈清禁漏夜警羽林兵誰念迷方客長懷魏闕情

蘇氏別業

別業居幽處到來生隱心南山當户牖灃水在

園林竹覆經冬雪庭昏未夕陰寥寥人境外閑
坐聽春禽

夕次圃田店

前路入鄭郊向經百餘里馬煩時欲歇客歸程
未已落日桑柘陰遙村煙火起西還不遑宿中
夜渡京水

題韓少府水亭

梅福幽棲處佳期不忘還鳥啼當戶竹花繞傍
池山水氣侵階冷藤陰覆座閑寧知武陵趣宛

在市朝間

李端字正己趙郡人大曆五年進士與盧綸吉中孚韓翃錢起司空曙苗發崔洞耿湋夏侯審唱和號十才子歷校書郎終杭州司馬

贈苗員外

朱戶敞高扉青槐礙落暉八龍承慶重三虎遞朝歸坐竹人聲絕橫琴鳥語稀花慚潘岳貌年稱老萊衣葉暗新櫻熟絲長粉蝶飛應憐魯儒賤空與故山違

茂陵山行陪韋工部

宿雨朝來歇空山天氣清盤雲雙鶴下隔水一蟬鳴古道黄花落平蕪赤燒生茂陵雖有病猶得伴君行

雲際中峯

自得中峯住深林亦閉關經秋無客到入夜有僧還暗澗泉聲小荒岡樹影閑高亭不可望星月滿空山本集岡作村

蕪城懷古

風吹城上樹草没城邊路城裏月明時精靈自

來去

耿湋 湋或作緯字進士官至左拾遺湋音爲 寶應二年

贈嚴維

許詢清論重寂寞住山陰野客投寒寺閑門當古林海田秋熟早湖水夜漁深世上窮通理誰能奈此心 當一作旁姜夔本作向本集客作路投作接

贈朗公

來自西天竺持經奉紫微年深梵語變行苦俗人歸月上安禪久苔生出院稀梁間有馴鴿不

去爲無機

早朝

鍾鼓餘聲裏千官向紫微冐寒人語少乘月燭來稀清漏聞馳道紅霞映鏁闈猶看嘶馬處未啓掖垣扉紅一作輕

秋日

返照入閭巷憂來誰與語古道無人行秋風動禾黍

書情逢故人

因居知此事流浪已忘機客久多人識年高衆病歸連雲湖色遠度雪鴈聲稀又說家林盡淒傷淚滿衣

沙上鴈

衡陽多道里弱羽復哀音還塞知何日驚弦亂此心夜陰前侶遠秋冷後湖深獨立汀沙意寧知雪霰侵本集雪作霜

贈張將軍

寥落軍城暮重門返照間鼓聲經雨暗士馬過

秋閑慣守臨邊郡曾營近海山關西舊業在夜
夜夢中還

詶暢當

同遊漆沮後已是十年餘幾度曾相夢何時定
得書月高城影盡霜重柳條踈且對尊中酒千
般想未如

盧綸 字允言河東人天寶末舉進士不第大曆初王縉奏爲集賢學士終戶部郎中

領嶺南故人書

瘴海寄雙魚中宵達我居兩行燈下淚一紙嶺

南書地説炎蒸極人稱老病餘殷勤報賈誼莫
共酒杯疎

題興善寺後池

隔窻栖白鳥似與鏡湖鄰月照何年樹花逢幾
世人岸莎青有路苔徑緑無塵願得容依止僧
中老此身本集願得作永願

山下古木

高林已蕭索夜雨復秋風墜葉鳴荒竹斜根擁
斷蓬半侵山影裏長在水聲中此地何人到雲

門路亦通

送李端

故關衰草徧離別自堪悲路出寒雲外人歸暮雪時少孤爲客早多難識君遲掩淚空相向風塵何所期

司空曙字文明廣平人舉進士貞元中水部郎中終虞部郎中

耿湋就宿因傷故人

舊時聞笛淚此夜重霑衣方恨同懷少那堪相見稀竹煙疑澗壑林雪似芳菲多謝勞車馬應

憐獨掩扉那一作何

經廢寶慶寺

黄葉前朝寺無僧寒殿開池晴龜出曝松瞑鶴飛回古砌碑横草陰廊畫雜苔禪宫亦消歇塵世轉堪哀

春日野望寄錢員外

草長花落樹羸病強尋春無復少年意空餘白髮新青原晴見水白社静逢人寄語南宫客軒車不可親白一作華

喜外弟盧綸見宿

靜夜無四隣荒居舊業貧雨中黄葉樹燈下白頭人以我獨沉久愧君相見頻平生自有分況是蔡家親蔡一作霍

送王閏

相送臨寒水蒼茫望故關江蕪連夢澤楚雪入商山話我他年舊看君此日還因將自悲淚一灑別離顏顏集作間

新蟬

今朝蟬忽鳴遷客若爲情漸覺一年謝能令萬感生微風初滿樹落日稍沉城爲問同懷者淒涼聽幾聲本集漸作便謝作老

望水

高樓晴見水楚客靄相和野極空如練天遥不辨波永無人跡到時有鳥行過况是蒼茫外殘陽照最多

哭麴象

憶昔秋風起君曾歎逐臣何言芳草日自作九

原人

錢起字仲文吳興人天寶十載進士
歷校書郎終尚書郎太清宮使

送僧歸日東

上國隨緣住東途若夢行浮雲滄海遠去世法舟輕水月通禪觀魚龍聽梵聲唯憐惠燈影萬里眼中明

送僧自吳遊蜀

隨緣忽西去何日返東林世路無期別空門不住心人煙一飯少山雪獨行深天外猿聲夜誰

聞清梵音本集無期作寧嗟不住作久息夜作處

送張管書記

邊事多勞役儒衣逐鼓鼙日寒關樹外峰盡塞雲西河廣逢難度天遥鴈漸低班超封定遠之子去思齊

送征鴈

秋空萬里静嘹唳獨南征風急翻霜冷雲開見月驚塞長憐去翼影滅有餘聲悵望遥天外鄉愁滿目生

寄郎士元

龍節知無事江城不掩扉詩傳過客遠書到故人稀坐嘯看潮起行春送鴈歸望舒三五夜思盡謝玄暉

○宿洞口館 或作耿湋詩

野竹通溪冷秋蟬入戶鳴亂來人不到寒草上階生 本集蟬作泉寒作芳

裴迪書齋望月

夜來詩酒興獨上謝公樓影閑重門靜寒生獨

樹秋鵲驚隨葉散螢遠入煙流今夕遥天末清輝幾處愁（本集獨上作月滿鵲作鶴）

送彈琴李長史赴洪州

抱琴爲傲吏孤棹復南征幾度秋江水皆添白髮聲佳期來客夢幽思緩王程佐牧無勞問心和政自平

郎士元（字君胄天寶十五年進士與錢起齊名歷拾遺終郢州刺史）

送彭將軍（集作送李將軍赴定州）

雙旌漢飛將萬里授横戈春色臨關盡黃雲出

塞多鼓鼙悲，絶漠烽戍隔長河。莫斷陰山路，天驕已請和。本集關作邊，戍作火，第七句作想到山陰北。

送孫顧

悠然富春客，憶與暮潮歸。擢第人多羨，如君獨步稀。亂流江渡淺，遠色海山微。君訪新安路，嚴陵有釣磯。

贈張南史

雨餘深巷靜，獨酌送殘春。車馬雖嫌僻，鶯花不棄貧。蟲聲黏戸網，鼠迹映牀塵。聞道山陽會，如

今有幾人本集聞道作借問

宿杜判官江樓

適莛豈吾願思歸秋向深故人江樓月永夜千里心落葉疊鄉夢鳥啼驚越吟寥寥更何有斷續空城砧

送楊中丞和番

錦車登隴日邊草正萋萋舊好尋君長新愁聽鼓鼙河源飛鳥外雪嶺大荒西漢壘今猶在遥知路不迷

送長沙韋明府之任

秋入長沙縣蕭條旅宦心煙波連桂水官舍映楓林雲日楚天暮汀沙白露深遥知訟堂裏嘉政在鳴琴

送奚賈歸吳

東南富春渚曾是謝公遊今日奚生去新安江正秋水容清過客楓葉落行舟遥想青亭下閒猿應夜愁本集水容清作水清迎楓作霜落作伴青作赤

送友人別集作盩厔縣鄭礒宅送錢大

暮蟬不可聽落葉豈堪聞共是悲秋客那知此路分荒城背流水遠鴈入寒雲陶令門前菊餘花可贈君

暢當 字河東人進士及第貞元初太常博士終果州刺史

宿潭上

夜潭有仙舸與月當水中嘉賓愛明月遊子驚秋風

青蒲野陂水白露明月天中夜秋風起心事坐潛然

別盧綸

故交君獨在又欲與君離我有新秋淚非關宋玉悲

六家詩選卷四　極玄集上終

六家詩選卷四　　　　極玄集下

唐諫議大夫姚合選

韓翃字君平南陽人天寶十三載進士以寒食詩受知德宗官至中書舍人

少年行

千點斕斒噴玉驄青絲結尾繡纏鬃鳴鞭曉出銅臺路葉葉春衣楊柳風本集噴玉作王勒曉作晚銅作章

羽林

驄馬牽來御柳中鳴鞭欲向渭橋東紅蹄亂踏春城雪花頷驕嘶上苑風本集驄作駿

題薦福衡岳禪師房

春城乞食還高論此中閒僧臘階前樹禪心江上山踈簾看雪卷深戶映花關晚送門人去鍾聲杳靄間（本集樹作草去作出）

送孫革及第歸（本集作送李秀才歸江南）

過淮芳草歇千里又東歸野水吴山出家林越鳥飛荷香隨去棹梅雨點行衣無數滄洲客如君達者稀（本集林作村洲作江）

皇甫曾（字孝常丹陽人天寶十二載進士官歷監察御史與兄冉齊名一時）

尋劉處士

幾年人不見林下掩柴關留客當清夜逢君話舊山隔城寒杵急帶月早鴻還南陌雖相近其如隱者閑

哭陸處士

從此無期見柴扉帶雪關二毛逢世難萬恨掩泉臺返照空堂夕孤城吊客廻漢家偏訪道獨畏鶴書來本集扉帶作門對

送人作使歸本集作送李中丞歸本道

上將還專席雙旌復出秦關河三晉路賓從五
原人孤戍雲連海平沙雪度春酬恩看玉劒何
處有煙塵本集作置分闔作碣石山通海滹淹出作去后聯

李嘉祐字從一袁州人天寶七載度春進士大曆中泉州刺史

和苗員外秋夜省直

久雨南宮夜仙郎寓直時漏長丹鳳闕秋老白
雲司螢影侵階亂鴻聲出苑遲蕭條人吏散小
謝有新詩本集久作多寓作上老作今

皇甫冉字茂政丹陽人天寶十五載進士大曆中爲左補闕

送韓司直　此詩今但見皇甫曾集又見郎士元集又見劉長卿集

遊吳還適越來往任風波復送王孫去其如春草何山明殘雪在湖滿夕陽多季子留遺廟停舟試一過　本集山作岸湖作潮

宿嚴維宅

昔聞玄度宅門向會稽峯君住東湖下清風繼舊蹤初秋臨水月半夜隔山鍾世路多離别良宵詎可逢　本集路作故

途中送權曙二兄

淮海風濤起江關憂思長同悲鵲繞樹獨作鴈
隨陽山晚雲和雪汀寒月照霜由來濯纓處漁
父愛滄浪

西陵寄一公此詩又見皇甫曾集

西陵遇風處自古是通津終日空江上雲山若
待人汀沙寒事早魚鳥興同新南望山陰路吾
心有所親本集沙作州同作情吾心作心中

九日寄鄭愕本集愕作豐

重陽秋已晚千里信仍稀何處登高望知君正

憶歸還當采時菊應未授寒衣欲識離居恨郊
園晝掩扉（本集晝作正）

酬崔侍郎期籍道士不至見寄

一心求妙道幾歳候真師丹竈今何處白雲無
定期崑崙煙景絶汗漫往來遲君但焚香待人
間到有時（本集處作在煙景作景致來作還）

巫山高（本集高作峽）

巫峽見巴東迢迢出半空雲藏神女館雨到楚
王宮朝暮泉聲落寒暄樹色同清猿不可聽偏

在九秋中

送元盛歸潛山

深山秋事早君去復何如裛露收新稼迎寒葺舊廬題詩即招隱作賦是閑居別後空相憶嵇康懶寄書

朱放字長通襄州人隱居剡溪貞元初召拜拾遺不就

送張山人歸

知君住處足風煙古樹荒村在眼前便欲移家逐君去唯愁未有買山錢

送著公歸越

誰能愁此別到越會相逢長憶雲門寺門前千萬峰石牀埋積雪山路倒枯松莫學白道士無人知去蹤

嚴維字正文山陰人至德一載進士歷諸暨及河南尉終校書郎

送薛尚書入朝

畢情不敢論拜手立轅門列郡諸侯長登朝八座尊凝笳臨水發行旆向風翻幾許遺民泣同懷父母恩一本集民作黎一本敢作可

題一公院新泉

山下新泉出泠泠比法源落池才有響濺石未成痕獨映孤松色殊分衆鳥喧唯當清夜月觀此啓禪門本集濺作噴

哭靈一上人

一公何不住空有遠公名共說岑山路今時莫可行舊房松更老新塔草初生經論傳緇侶文章徧墨卿本集下更有四句云禪林枝榦折法宇棟梁傾誰復脩僧史應知傳已成

自雲陽歸晚泊陸澧宅

雪天行易晚前路故人居孤棹所思久寒林相見初閑燈忘夜永清漏任更餘明後還須去離家歲欲除本集雪天作天陰寒林作冒寒餘作跡歲欲作幾歲

劉長卿字文房宣城人開元廿一年進士歷監察御史終隨州刺史

過張明府別業

寥寥東郭外白首一先生考滿孤琴在家移五柳成夕陽臨水釣春雨向田耕終日空林下何人識此情本集考滿作解印家移作移家

餘干旅舍

搓落暮天迥青楓霜葉稀孤城向水閉獨鳥背人飛渡口月初上隣家漁未歸鄉心正欲絕何處擣寒衣

送鄭十二歸廬山 品彙有

潯陽數畝宅歸臥掩柴關谷口何人在門前秋草閑忘機賣藥罷不語杖藜還舊箇成寒竹空齋向暮山水流過舍下雲生到人閒桂樹花應發因行寄一攀 一本無攀作志

長沙桓王墓下書事別張南史

長沙千載後春草獨萋萋流水朝還暮行人東復西苔碑幾字滅山木萬株齊唯有年芳在相看惜解携唯有年芳在一本作佇立傷今古

登思禪寺上方

西峯上方處臺殿隱朦朧晚磬秋山裏清猿古木中衆溪連竹徑諸嶺共松風倘許栖林下甘成白首翁本集西峯上方處作上方幽且暮

過隱公故房

自從飛錫去人到沃州稀林下期何在山中春

獨歸踏花尋舊徑映竹掩空扉寥落東峯上猶
堪静者依

○○送李中丞歸漢陽

流落征南將曾駈十萬師罷歸無別業老去戀
明時獨立三邊静輕生一劒隨茫茫漢江上日
暮欲何之（本集邊静作朝識 隨作知 欲作復）

靈一

酬皇甫冉西陵見寄

西陵潮信滿島嶼沒中流越客依風水相思南

渡頭寒光生極浦落日映滄洲何事揚帆去空

驚海上鷗

溪行即事

近夜山更碧入林溪轉清不知伏牛事潭洞何

從横埜岸煙初合平湖月未生孤舟屢失道但

聽秋泉聲

重還宜豐寺

再過招隱寺重會息心期樵客問歸日山僧記

别時野雲陰遠甸秋雨漲前陂勿謂頻來此吾

今不好奇

西霞山夜坐

山頭戒壇路幽映雲巖側四面青石牀一峯若
蘚色松風靜復起月影開還黑何獨秉夜來殊
非盡所得
法振

送人遊閩越

不須行借問爲爾話閩中海島春寒雨江帆來
去風道遊玄度宅身寄朗陵公此別何傷遠如

今關塞通

疾愈寄友

衰樂暗成疾臥中方月移西山有清士孤笑不
可追擣藥樹林靜汲泉陰澗遲微蹤與麋鹿遠
謝求羊知
皎然

微雨

片雨拂簷楹煩襟四座清霏微過麥隴蕭散傍
莎城靜愛和花落幽聞入竹聲朝觀趣無限高

詠寄閑情

題廢寺

武原羅亂後真界積塵埃殘月生秋水悲風起古臺居人今已盡棲鴿暝還來不到無生理應堪賦七哀

賦得啼猿送客

萬里巴山外三聲月峽深何年有此路幾客共霑巾斷臂分重影流泉入苦吟凄凉離別後聞此更傷心

思歸示友人

桐江秋信早憶在故山時靜夜風鳴磬無人竹掃墀猿來觸淨水鳥下啄寒枝何必關吾事歸心自有期

清江

長安臥疾

身世足堪悲空房臥疾時卷簾花雨滴掃石竹陰移已覺生如夢堪嗟壽不知未能通法性詎可見支離

宿嚴維宅簡章八元

佳期曾不遠甲第即南隣惠愛偏相及經過豈獻頻秋光林葉動夕露月華新莫話羇栖事平原是主人

戴叔倫字幼公潤州金壇人師蕭穎士為門人冠大曆間撫州刺史容管經畧使

吳明府自遠而來留宿

出門逢故友衣服滿塵埃歲月不可問山川何處來綺城容散宅散職寄靈臺自此留君醉相歡得幾廻

除夜宿石頭驛

旅館誰相問寒燈獨可親一年將盡夜萬里未歸人寥落悲前事支離笑此身愁顔與衰鬢明日又逢春

客夜與故人偶集

天秋月又滿城闕夜千重還作江南會翻疑夢裏逢風枝驚暗鵲露草覆寒蛩羇旅長堪醉相留畏曉鍾

送友人東歸

萬里楊栁色出關送故人輕煙拂流水落日照

行塵積夢江湖閣憶家兄弟貧徘徊灞亭上不

語自傷春

別友人

擾擾倦行役相逢陳蔡間如何百年內不見一

人閑對酒惜餘景問程愁亂山秋風萬里道人

出穆陵關

贈李山人

此意靜無事閉門風景遲栁條將白髮相對共

垂綵

廣陵送趙主簿

將歸汾水上遠省錦城來已泛西江盡仍隨北鴈迴暮雲征馬速曉月故關開漸向庭闈近留君醉一杯

六家詩選卷四　極玄集下終

六家詩選卷四　　搜玉小集

崔湜

奉和御製白鹿觀

御旗探紫録仙仗闢丹丘捧藥芝童下焚香桂女留鸞歌無歳月鶴語記春秋臣朔何其幸常陪漢武遊

塞垣行

疾風卷溟海萬里揚沙礫仰望不見天昏昏竟朝夕是時軍兩進東拒復西摘蔽山張旗鼓間

道潛鋒鏑，精騎突曉圍。奇兵襲暗壁，十月邊塞寒。四山沍陰積，雨雪鴈南飛。風塵景西迫，昔我事討論。未嘗怠經籍，一朝棄筆硯。十年探矛戟，豈要黃河誓。須勒燕然石，可嗟牧羊臣。海上久爲客。

大漠行

單于犯薊壖，驃騎略蕭邊。南山木葉飛下地，北海蓬根亂上天。科斗連營太原道，魚麗合陣武威川。三軍遥倚仗，萬里相馳逐。旌旆悠悠静瀚

源鼙鼓喧喧動盧谷窮徼出幽陵吁嗟倦寢興
馬蹄凍溜石胡毳暖生氷雲沙泱漭天光閉河
塞陰沉海色凝崆峒異國誰能託蕭索邊心常
不樂近見行人畏白龍遥聞公主愁黄鶴陽春
半岐路間瑶臺苑玉門關百花芳樹紅將歇二
月蘭皐緑未還障雲不散魚龍水雨雪猶飛鴻
鴈山山障連綿不可極路遠辛勤夢顔色北堂
萱草不寄來東園桃李長相憶漢將紛紜攻戰
盈胡寇蕭條幽朔清韓君拜節偏知遠鄭吉驅

旌坐見迎火絶煙沉右西極谷静山空左北平
但使將軍能百戰不須天子築長城

古意

十五嫁王昌盈盈出畫堂自矜年正少復倚婿
爲郎舞愛前溪緑歌憐午夜長閑時鬭百草度
日不成粧

酬杜麟臺春思

春還上林苑花滿洛陽城鴛衾夜凝思龍鏡曉
含情憶夢殘燈落離魂闇馬驚可憐朝與暮樓

上獨盈盈

裴漼

奉和御製平胡

玄漠聖恩通由來書軌同忽聞窺月滿相聚寇
雲中廟略占黄氣神兵出絳宫將軍行逐虜使
者亦和戎一舉轒轀滅再麾沙朔空直將威禁
暴非用武爲雄飲至明軍禮酬勳錫武功干戈
還載戢文德在唐風

韓休

同前

南牧正紛紛長河起塞氛玉兵徵選士金鉞拜將軍疊鼓搖邊吹連旌暗朔雲妖星乗夜落害氣入朝分始見幽烽警俄看烈火焚功成奏凱樂戰罷策歸勲盛德陳清廟神謨屬大君叨榮逢偃伯率舞詠時文

崔融

西征軍行遇風

北風卷塵沙左右不相識颸颸吹萬里昏昏同

一色馬煩莫敢進人急未遑食草木春更悲天
景晝相匿夙齡慕忠義雅尚存孤直覽史懷浸
驕讀書歎孔棘及玆戎旅地忝從書記職兵氣
騰北荒軍聲振西極坐覺威靈遠行看祲氛息
愚臣何以料倚馬申微力

韋長史挽歌

日暮桑榆下寒生松柏中冥冥多苦霧切切有
悲風京兆新阡合扶陽甲第空郭門從此去荆
棘漸蒙籠

劉希夷

○將軍行

將軍闢轅門，耿介當風立。諸將欲言事，逡巡不敢入。劒氣射雲天，鼓聲破原隰。黃塵塞路起，走馬追兵急。彎弓從此去，飛箭如雨集。截圍一百重，斬首五千級。代馬流血死，胡兵抱鞍泣。古來養甲兵，有事常討襲。乗我廟堂運，坐使干戈戢。獻凱還帝京，軍容何翕習。

○擣衣篇

秋天瑟瑟夜漫漫夜白天清玉露團燕山遊子
衣裳薄秦地佳人閨閣寒欲向樓中縈楚練還
來機上裂齊紈攬紅袖兮愁徙倚盼青砧兮悵
盤桓盤桓徙倚夜已久螢火雙飛入簾牖西北
風來吹細腰東南月上（一作出）浮纖手此時秋月可憐
明此時秋風別有情君看月下參差影爲聽莎
間斷續聲絳河轉兮青雲曉飛鳥鳴兮行人少
攢眉緝縷思紛紛對影穿針蒐悄悄閑道還家
未有期誰憐登隴不勝悲夢見形容亦舊日爲

許裁縫改昔時緘書遠寄交河曲須及明年春
草緑莫嫌衣上有斑斑只爲思君淚相續

代白頭吟

洛陽城東桃李花飛來飛去落誰家洛陽女兒
惜顏色行逢落花長歎息今年花落顏色改明
年花開復誰在已見松栢摧爲薪更聞桑田變
成海古人無復洛城東今人還對落花風年年
歲歲花相似歲歲年年人不同寄言全盛紅顏
子須憐半死白頭翁此翁白頭真可憐伊昔紅

顏美少年公子王孫芳樹下清歌妙舞落花前
光禄池臺文錦繡將軍樓閣畫神僊一朝卧病
無知巳三春行樂在誰邊宛轉蛾眉能幾時須
臾鶴髮亂如絲但看古來歌舞處唯有黄昏鳥
雀悲

賀朝清

從軍行

朔胡乘月寇邊城軍書插羽刺中京天子金壇
拜飛將單于玉塞振佳兵騎射先鳴推任俠龍

雜央勝行時英聞有河湟客愔愔理帷帝常山
啓霸圖氾水先天策銜珠浴鐵向桑乾纍旗賁
鼓指烏丸鳴雞已報關山曉來鴈遥傳沙塞寒
直爲寸心從苦節隴頭無水長鳴咽邊樹蕭蕭
不覺春天山漠漠長飛雪魚麗陣接塞雲平鴈
翼營通海月明始看晋幙飛鶴（一作鵲）入旋聞齊壘啼
烏聲自從一戍燕支山春光幾度晋陽關金河
采轉青絲騎玉勒應啼紅粉顏鴻歸鶯相逐池
邊芳草綠已見氣清細柳營莫更春歌落梅曲

烽沉竈滅靜邊亭海晏山空肅已寧行望鳳京

旋凱捷重來麟閣畫丹青

屈同

燕歌行此篇已見國秀集中有八字不同

漁陽八月塞草腓征人相對并思歸雲和朔氣

連天暗蓬雜驚沙散野飛此時天地陰埃徧瀚

海龍城皆血戰兩軍鼓角暗相聞四面旌旗看

不見昭君遠嫁已年多戎狄無厭尚不和漢兵

候月秋防塞胡騎乘冰夜渡河河塞東西萬餘

里地與京華不相似燕支山上少光輝黄沙磧裏無流水金戈玉劍十年征紅粉青樓多怨情厭得殊方久爲别秋來但聽擣衣聲

鄭愔

塞外

荒壘三軍夕窮郊萬里平海陰凝獨樹月（一作日）氣下連營戎旆霜凝重邊裘寒更輕將軍猶轉戰都尉不成名折柳悲春曲吹葭（一作笳）斷夜聲明年漢使返須築受降城

春怨

春朝物候妍愁婦鏡臺前風吹數蝶亂露洗百花鮮試出褰羅幌還來著錦筵曲中愁夜夜樓上别年年不及隨蕭史高飛向紫煙

秋閨

征客向輪臺幽閨寂不開音書秋鴈斷機杼夜蛩催虛幌風吹葉閑階露濕苔自憐愁思影共作月徘徊

楊烱

紫騮

俠客重周遊金鞭控紫騮蛇弓白羽箭鶴轡赤茸鞦發跡來南海長鳴向北州匈奴今未滅畫地取封侯

徐彥伯

胡無人行

十月繁霜下征人遠鑿空雲摇錦車節海照角端弓暗雪埋沙樹衝飈卷塞蓬方隨膜拜入歌舞玉門中

送公主和戎

鳳扆憐簫曲鸞帷念掌珍虜庭遥築館漢使遠和親星去銀河夕花移玉樹春聖情悽割愛駐驛望征塵

春閨

戍客戍清波幽閨幽思多暗梁聞語燕夜燭見飛蛾寶匣藏脂粉金屏綴綺羅裁衣卷紋素織錦度鳴梭有使通西極緘書寄北河年光只恐盡征戰莫蹉跎

閨怨　此篇已見於國秀集詩自同而名為孤獨歎

切切夜閨冷微微孤燭燃玉盤紅淚滴金爐彩

光圓暖手縫輕素嚬蛾續斷弦相思咽不語回

向錦屏眠

盧照鄰

王昭君

合殿恩中絕交河使漸稀肝腸隨玉輦形影向

金微漢宮草應綠胡庭沙正飛願逐三秋鴈年

年一度歸

東方虬

同前

漢道方全盛朝廷足武臣何須薄命妾辛苦事

和親

郭元振

同前

聞有南河信傳言殺畫師始知君念重更肯惜

蛾眉

駱賓王

晚度天山有懷京邑

忽上天山望依然想物華雲疑上苑葉雪似御溝花行歎戎麾遠坐令衣帶賖交河浮絕塞弱水浸流沙旅思徒漂梗歸期未及瓜寧知心斷絕夜夜泣胡笳

劉允濟

怨情

玉關芳信斷蘭閨錦字新愁來不自抑念切已含嚬虛牖風驚夢空牀月厭人歸期儻可促勿

度栁園春

沈佺期

春閨

汗馬三軍去流鶯二月還邊愁行上國春夢度陽關池水琉璃淨園花玳瑁斑歲華空自擲憂思不勝顔

○古意

盧家小婦鬱金堂海燕雙棲玳瑁梁九月寒砧催木葉十年征戍憶遼陽白狼河北軍書斷丹

鳳城南秋夜長誰爲含愁獨不見更教明月照流黃

○夜遊

今夕重門啓遊春得夜芳月華連晝色燈影雜星光南陌青絲騎東隣紅粉粧管弦遥辨曲羅綺暗聞香人擁行歌路車攢鬬舞場經過猶未已鍾鼓出長楊

翦綵

宮女憐芳樹裁花競早榮寒依刀尺盡春向綺

羅生弱帶盤絲發香䙝結素成纖枝幸不棄長

就玉階傾

張炫

怨辭

去年離別鴈初歸今夜裁縫螢已飛征客未來

音信斷不知何處寄邊衣

喬知之

○秋閨

南庭結白露北風掃黄葉此時鴻鴈來驚鳴催

思妾曲房理針線平砧搗紋練鴛綺裁已成龍
鄉信難見窈窕九重閨寂寞十年啼紗牕白雲
宿羅幌月光棲雲月隱微微夜上流黃機玉霜
凍珠履金吹薄羅衣漢家已得地君去將何事
宛轉結蠶書寂寥無鴈使平生荷恩信本爲容
華進況復落紅顏蟬聲催白鬢

長信宮樹

阿娜當軒樹苹茸倚蘭殿葉映九春華香搖五
明扇餘花鳥哢盡新葉虫書徧零落容自知芬

芳君不見

王泠然

題河邊枯栁

隋家天子憶揚州厭坐深宫傍海遊穿地鑿山開御路鳴笳疊鼓汎春流流從鞏北河分凸直到淮南種官栁功成力盡人旋亡運謝年移樹空有當時綵女侍君王帳殿旌門對栁行青葉交垂連幔色白花飛散染衣香今日摧殘何用道數里曾無一株好驛騎江帆損更多山精野

鬼藏應老深秋九月露爲霜日夜孤舟入帝鄉
河畔時時聞落葉客中無箇不霑裳

夜光篇

遊人夜到汝陽間夜色冥濛不解顏誰家暗起
寒山燒因此明中得見山山頭山下須曳滿歷
險緣深無暫斷焦聲散着羣樹鳴炎氣傍臨一
川暖是時西北多海風吹上連天光更雄濁煙
熏月黑高熖爇雲紅初謂鍊丹仙竈裏還疑鑄
劒神溪中劃爲飛電來照物乍作流星迸上空

西山無草光已滅東頂熒熒猶未絶沸湯穹（作空）谷
數道水融蓋陰崖幾年雪兩京貧病若爲居四
壁皆成鑿照餘未得貴遊同秉燭唯將半景借
披書

許景先

折柳篇

春色東來度灞橋青門垂柳百千條垂柳西連
建章路漢家禁苑紛無數縈花始徧合歡枝遊
絲半罥相思樹秦樓初日照南隅柔條垂緑映

金鋪寶釵新梳髮鬢鬟髻錦帶交垂連理襦自憐
柳塞淹戎幕銀燭長啼愁夢著芳樹朝催玉管
新春風夜染羅衣薄城頭楊柳已如絲今年花
落去年時折芳遠寄相思曲爲惜容華難再持

徐晶

○同蔡孚五亭詠

章奏中京罷雲容别業歸拂琴鋪野席牽柳挂
朝衣翡翠巢書幌鴛鴦立釣磯幽棲可憐處春
事滿林扉

阮公體

秦王按劒怒發卒戍龍沙雄圖尚未畢海内已紛拏黄塵暗天起白日斂精華唯見長城外僵屍如亂麻

杜審言

贈蘇管記

虜騎三句品彙作　漢卒尚重圍　雲淨妖星落秋高塞馬肥

北地寒應苦南庭戍不歸邊聲亂羌笛朔氣卷戎衣雨雪關山暗風霜草木稀胡兵戰欲盡虜騎獵猶肥鴈塞何時入龍城幾度圍據鞍雄劒

動搖筆羽書飛與駕還京邑朋游滿帝畿方期
乘獻凱歌舞共春輝

劉幽求

書懷

心爲明時盡君門尚不容田園迷徑路歸去路
何從

王勃

九日升高

九月九日望鄉臺他席他鄉送客杯人今已厭

南中苦鴻鴈那從北地來

蘇味道

觀燈

火樹銀花合星橋鐵鎖開暗塵隨馬去明月逐人來遊妓皆穠李行歌盡落梅金吾不禁夜玉漏莫相催

王諲

觀燈

暫得金吾夜通看火樹春停車傍明月走馬入

紅塵妓雜歌徧勝場移舞更新應須盡記取説向不來人

徐璧

催粧

傳聞燭下調紅粉明鏡臺前别作春不須滿面渾粧却留著雙眉待畫人

余延壽

人日翦綵

閨婦持刀坐自憐裁翦新葉催情綴色花寄手

成春帖燕留粧戶黏雞待餉人挐來問夫壻何處不知真

張諤

三日岐王宅

玉女貴妃生嫛婗始發聲金盆浴未了綳子繡初成翡翠雕芳褥真珠帖小纓何時學健步鬭取落花輕

滿月

社金流茂社庭玉表奇才竹似因談植蘭疑入

夢裁烏將八子去鳳逐九鶵來今夜明珠色當
隨滿月開

岐王席上詠美人

半額畫雙蛾盈盈燭下歌玉杯寒意少金屋夜
情多香豔王分帖裙嬌勑賜羅平陽莫相妬喚
出不如他

李嶠

太平公主山亭侍宴應制

黃金瑞牓絳河隈白玉仙輿紫禁來碧樹青岑

雲外聳朱樓畫壁水中開龍舟下瞰鮫人室羽
節高臨鳳女臺遽惜歡娛歌吹晚揮戈更却曜
靈回

汾陰行

君不見昔日西京全盛時汾陰后土親祭祠齋
宮宿寢設儲供撞鐘鳴鼓樹羽旗漢家四葉才
且雄賓延萬靈服九戎栢梁賦詩高宴罷詔書
法駕幸河東河東太守親掃除奉迎至尊導鑾
輿五營夾道列容衛三河縱觀空里閭回旗駐

蹕降靈場懷椒奠桂邀百祥金碧發色正焜煌
明衹煒燁摛景光陳玉埋牲禮神畢氣靡上帝
乗輿出彼汾之曲佳可遊木蘭為楫桂為舟棹
歌徵吟彩鷁浮簫鼓哀鳴白雲秋歡娛宴賜洽
羣后家家復除戸牛酒聲明動天樂無有千秋
萬歲南山壽自從天子向南關玉輦金車不復
還珠簾翠羽長寂寞碧湖龍影竟何處攀千年人
事一朝空四海為家此路窮雄豪意氣今何在
壇場宮觀盡蒿蓬道傍古老長歎息世事回環

不可識昔時青樓對歌舞今日黄埃聚荆棘山
川滿目淚霑衣富貴榮華能幾時不見即今汾
水上唯有年年秋鴈飛

宋之問

温泉莊臥疾寄楊七炯

移疾臥兹嶺寥寥倦幽獨頼有嵩高山高枕長
在目兹山棲靈異朝夕翳雲簇是日濛雨晴反
影入巖谷冪冪澗畔草青青山下木此意方無
窮環顧振林蘗伊洛何悠漫川原信重複夏餘

鳥獸蕃秋來禾黍熟秉願守樊圃歸閑欣藝牧
惜無載酒人徒把凉泉（一作澤菊）掬

述懷

中原初逐鹿投筆事戎軒縱橫計不就慷慨志
猶存杖策謁天子驅馬出關門請纓繫南越憑
軾下東藩鬱紆陟高岫出没望平原古木吟寒
鴈空山啼夜猿旣傷千里目還驚九死魂豈不
憚艱險深懷國士恩季布無二諾侯嬴重一言
人生感意氣功名誰復論

暮秋言懷

首夏別京輔杪秋滯三河沉沉蓬萊閣日久鄉思多霜翦凉地蕙風梢幽渚荷歲芳坐淪歇感此式微歌

○白帝懷古

日落滄江晚停橈問土風城臨巴子國臺没漢王宫荒服仍周甸深山尚禹功巖懸青壁斷地險碧流通古木生雲際歸帆出霧中川途去無限客思坐何窮

桂陽三日述懷

代業京華重褭遠投魑魅鄉登高望不極雲海四
茫茫伊昔承休盼常爲人所羨兩朝賜顔色三
紀陪歡宴昆明御（一作伯晉御）宿侍龍媒伊闕天泉復幾回
西夏黃河水心劍東周西洛羽觴杯苑中落花
掃還合河畔垂楊撥不開千春萬壽多行樂柏
梁和歌攀睿作賜金（一作朝天去）分帛（一作頻色奉恩）駐光輝風舉雲搖入
紫微晨趨北闕鳴珂至夜出南宮把燭歸載筆
儒林多歲月樸被文昌事吳越越中山海高且

深興來無處不登臨永和九年佐海郡暮春三月醉山陰愚謂嬉遊長似昔不言流寓欻成今始安繁華舊風俗帳飲傾城沸江曲主人管弦清且悲客子肝腸斷還續荔浦衡皋萬里餘洛陽音信絕能疎故園今日應愁思春水何人更祓除逐伴誰憐合浦葉思歸不食桂江魚不求漢吏金囊贈願得家人錦字書

明河篇

八月涼風天氣清萬里無雲河漢明昏見南樓

清且淺曉落西山縱復横洛陽城闕天中起長
河夜夜千門裏複道連甍共蔽虧畫堂瓊户特
相宜雲母帳前初泛濫水精簾外轉逶迤倬彼
昭回如練白復出東城接南陌南陌征人去不
歸誰家今夜擣寒衣鴛鴦綺上踈螢度烏鵲橋
邊一鴈飛鴈飛螢度愁難歇坐見天河傾漸没
已能舒卷任浮雲不惜光輝讓流月明河可望
不可親願得乘槎一問津更將織女支機石還
訪成都賣卜人

度大庾嶺

度嶺方辭國停軺一望家魂隨南翥鳥淚盡北枝花山雨初含霽江雲欲變霞但令歸有日不敢恨長沙

過蠻洞

越嶺千重合蠻溪十里斜竹迷樵子徑萍匝釣人家林暗交楓葉園香覆橘花誰憐在荒外孤賞足雲霞

登越王臺

江上越王臺登高望幾回南溟天外合北戶日邊開地濕煙常起山晴雨半來冬花採盧橘夏葉摘楊梅跡類虞翻枉人非賈誼才歸心不可度白髮重相催

詠寶劍

寶劍出昆吾龜龍夾彩珠五精初獻術千戶競淪都匣氣衝牛斗山形轉轆轤欲知天下貴持此問風胡

六家詩選卷四　　搜玉小集終

六家詩選卷四　　篋中集序

元結作篋中集成問曰公所集之詩何以訂之對曰風雅不興幾及千歲溺於時者世無人哉嗚呼有名位不顯年壽不將獨無知音不見稱顯死而已矣誰云無之近世作者更相沿襲拘限聲病喜尚形似且以流易爲詞不知喪於雅正然哉彼則指詠時物會諧絲竹與歌兒舞女生汚惑之聲於私室可矣若今方直之士大雅君子聽而誦之則未見其可矣吳興沈千運獨

挺於流俗之中強攘於已溺之後窮老不惑五
十餘年凡所爲文皆與時異故朋友後生稍見
師效能佀類者有五六人嗚呼自沈公及二三
子皆以正直而無祿位皆以忠信而久貧賤皆
以仁讓而至喪亡異於是者顯榮當世誰爲辨
士吾欲問之天下兵興於今六歲人皆務武斯
爲誰嗣已長逝者遺文散失方阻絕者不見近
作盡篋中所有總編次之命曰篋中集且欲傳
之親故與其不忘於今凡七人詩二十四首時

乾之三年也

六家詩選卷四　　篋中集

元結次山編

沈千運

感懷弟妹

今日春氣煖東風杏花折筋力又不如却羨澗中石神仙杳難準中壽稀滿百逐世多夭傷喜見鬢髮白杖藜竹樹間宛宛行舊跡豈非林園主却是林園客兄弟可存半空爲亡者惜冥冥無再期哀哀望松栢骨肉能幾人年大自疎隔

性情誰免逆與我不相易唯念得爾輩時看慰
朝夕平生茲已矣爲外盡非適

贈史脩文

故人阻千里會面非別期握手於此地當歡返
成悲念離宛猶昨俄已經於碁疇昔皆少年別
來鬢如絲不道舊姓名相逢知是誰曩游盡蹇
蹇與君仍布衣豈曰無其才命理應有時別路
漸欲少不覺生涕洟

濮中言懷

聖朝憂賢良草澤無遺匿人生各有命在余胡不激一生但區區五十無寸祿衰退當棄捐貧賤招毀讟栖栖去人世此蹟日窮迫不如守田園歲宴望豐熟壯年失宜盡老矣無筋力始知前計非將貽後生福童兒新學稼少女未能織顧此煩知已終日求衣食

山中作

棲隱非別事所願離風塵不辭城邑遊禮樂拘束人爾來歸山林世事皆吾身何者爲形骸辨

智與諸仁寂寞了閒事而後知天真咳唾矜崇
華迂俯相屈伸如何巢與由天子不知臣

王季友

別李季友

棲鳥不戀枝喈喈在同聲行子馳出戶依依主
人情昔時霜臺鏡醜婦羞爾形閉匣二十年皎
潔常猶明今日照離別前途白髮生

寄韋子春

出山祕雲者山本已再春食我山中藥不憶山

中人山中誰余容白髮惟相親雀鼠晝夜無知
我厨廪貧依依北舍松不厭吾南隣有情盡弃
捐土石爲同身

品彙無末四句夫子質千尋天澤枝葉新今以不材壽非智免斧斤罰結

于逖

野外行

老病無樂事歲秋悲更長窮郊日蕭索生意已
蒼黄小弟髮亦白兩男俱不強有才且未達况
我非賢良幸以朽鈍姿野外老風霜寒鵶噪晚
景喬木思故鄉魏人宅蓬池結網佇鱣魴水清

魚不來歲暮空彷徨

憶舍弟

衰門少兄弟兄弟唯兩人飢寒各流浪感念傷我神夏期秋未來安知無他因不怨别天長但願見爾身茫茫天地間萬類各有親安知汝與我乖隔同胡秦何時對形影憤懣當共陳

孟雲卿

古樂府挽歌

草草門巷喧塗車儼成位冥冥何得盡戴我生

人意北邙路非遠此别終天地臨穴頻撫棺至哀反無淚爾形未衰老爾息猶童稚骨肉安可離皇天若容易房帷即靈帳庭宇爲哀次薤露歌若斯人生盡如寄

今離别

結髮生别離相思復相保如何日已遠五變中庭草渺渺天海途悠悠吳江島但恐不出門出門無遠道遠道行既難家貧衣復單嚴風吹積雪晨起鼻何酸人生爲有志豈不懷所安分明

天上日生死誓同觀

悲哉行

孤兒去慈親遠客喪主人莫吟辛苦曲此曲誰忍聞可聞不可見去去無形迹行人念前程不待參晨設朝亦常苦飢暮亦常苦飢飄飄萬餘里貧賤多是非少年莫遠遊遠遊多不歸

古別離　品彙含酸二句在傾倒下

朝日上高臺離人愁秋草如見萬里天不見萬里道含酸欲誰訴展轉傷懷抱君行本迢遠苦

樂良誰保宿昔夢同衾憂心常傾倒結髮年已
遲征行去何早寒暄有時謝憔悴亦難好人皆
美年壽死者何曾老少壯無見期水深風浩浩

傷懷贈故人

稍稍晨鳥翔淅淅草上霜人生早艱苦壽命恐
不長二十學已成三十名不彰豈無同門友貴
賤易中腸驅馬行萬里悠悠過帝鄉因絃歌
末得上君子堂衆樂互喧奏獨予備笙簧坐中
無知音安得神揚揚顧因高風起上感白日光

張虡

雜詩

富貴多勝事貧賤無良圖上德兼濟心中才不如愚商者多巧智農者爭膏腴儒生未遇時衣食不自如久與故交別他榮我窮居到門懶入門何況千里餘君子有褊性矧乃尋常徒行行任天地無爲强親踈

神仙

神仙可學無百歲名大約天地何茫茫人間乍

哀樂浮生亮多感善事翻爲惡爭先等驅馳中
路苦瘦弱長老思養壽後生笑寂寞五穀非長
年四氣乃靈藥列子何必待吾心滿寥廓

北遊遠酬孟雲卿

怱怱望前事志願能相乖衣馬久羸敝誰信幸
與才善道居貧賤潔服蒙塵埃行行無定心壈
坎難歸來慈母憂疢疾至家念棲棲與君宿姻
親深見中外懷俟餘惜時節悵望臨高臺

古別離

別離無遠近事懽情亦悲不聞車輪聲後會將何時去日忘寄書來日乖前期縱知明當返一息千萬思

趙微明

回軍跛者

既老又不全始得離邊城一枝假枯木步步向南行去時日一百來時一日程常恐道路旁掩弃狐兔塋所願死鄉里到日不願生聞此哀怨詞念念不忍聽惜無異人術倏忽具尔形

挽歌詞

寒日蒿上明淒淒郭東路素車誰家子丹旐引將去原下荆棘叢叢邊有新墓人間痛傷別此是長別處曠野多蕭條青松白楊樹

思歸

爲別未幾日去日如三秋猶疑望可見日日上高樓惟見分手處白蘋滿芳洲寸心寧死別不忍生離憂

元季川

泉上雨後作

風雨蕩繁暑雷息佳霽初衆峰帶雲色清氣入
我廬颯颯涼飈來臨窺愜所圖綠蘿長新蔓裊
裊垂坐隅流水復（作淺）簷下丹砂發清渠養葛爲我
衣種芋爲我蔬誰是畹與畦瀰漫連野蕪

登雲中

灌田東山下取樂在爾休清興相引行日日三
四周白鷗與我心不厭此中遊窮覽頗有適不
極趣無幽慘然歌采薇曲盡心悠悠

山中晚興

河漢降玄霜，昨來節物殊。婣無神仙姿，豈有陰陽俱。靈髙望不見，慨然悲髙梧。華葉隨風揚，珍條雜榛蕪。爲君寒谷吟，歎息知何如。

古遠行

悠悠遠行者，羈獨當時思。道與日月長，人無茅舍期。出門萬里心，誰不傷别離。縱遠當白髮，歲月悲今時。何况异形容，安須與爾悲。

篋中集　終

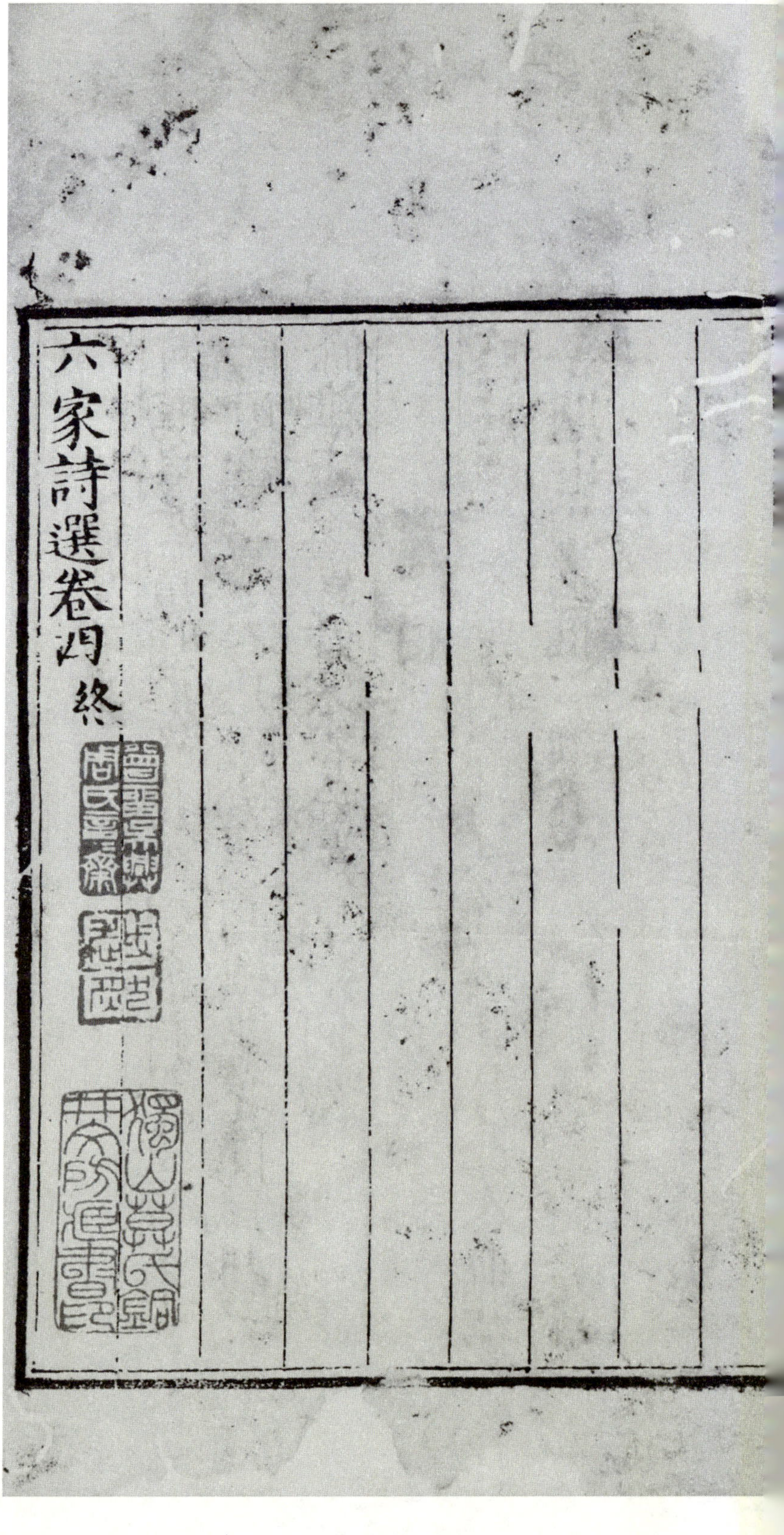
六家詩選卷四終